祝最好的你　拥有最完美的生命

白鹿衔花

王琳棋 著

浙江工商大学出版社 | 杭州

ZHEJIANG GONGSHANG UNIVERSITY PRESS

图书在版编目（CIP）数据

白鹿衔花 / 王琳棋著. — 杭州：浙江工商大学出版社，2019.3（2019.5重印）
ISBN 978-7-5178-3090-0

Ⅰ. ①白… Ⅱ. ①王… Ⅲ. ①随笔－作品集－中国－当代 Ⅳ. ①I267.1

中国版本图书馆CIP数据核字(2018)第294980号

白鹿衔花
BAILUXIANHUA

王琳棋 著

责任编辑	唐　红　谭娟娟	
封面设计	林朦朦	
责任印制	包建辉	
出版发行	浙江工商大学出版社	
	（杭州市教工路198号　邮政编码310012）	
	（E-mail：zjgsupress@163.com）	
	（网址：http://www.zjgsupress.com）	
	电话：0571-88904980，88831806（传真）	
排　　版	杭州彩地电脑图文有限公司	
印　　刷	杭州高腾印务有限公司	
开　　本	880mm×1230mm　1/32	
印　　张	10.5	
字　　数	178千	
版印次	2019年3月第1版　2019年5月第2次印刷	
书　　号	ISBN 978-7-5178-3090-0	
定　　价	39.80元	

浙江工商大学出版社营销部邮购电话　0571-88904970

序
一

櫻花消息春风里，年少光阴诗卷中。

初识琳棋，是在一个贡院樱花成海的春日。

温暖明媚的她，宛若芙蓉出水，轻云蔽月，在人群中风景独好。

人生若只如初见，文似其人不寻常。

她的文字同样清丽脱俗，飘逸出尘。

琳棋心有猛虎，细嗅蔷薇。心小了，世界就大了。

一碗馄饨，"蕴藏着一整个暖冬的温度"；一个菜场，"那种人情和风物实在是支撑灵魂的依靠"；一次搀扶，"从风华正茂一直走进白发苍苍"……在琳棋笔下，庸常生活已是如梦似幻、亦幻亦真，既有聊家常样真实，又有桃花源般美好。

琳棋记忆力很好，但她只记别人的好。

"生命里总会路过许多过客，但您是我最不会忘记的那一个。"

某天，读到她寄来的贺卡，倏地，热泪盈眶。

她有多愁善感的小心思，更有怀旧感恩的大情怀。她会将爱她和她爱的人深藏心底，某一天心灵捕手般打捞起一切美好记忆，似风乍起，吹皱一池春水。她相信善意能打破人性的坚冰，人情可温暖历史的温度。正如此，"即使捂住嘴巴，温情也能从眼睛里蹦出来"；正如此，她的文字，仿佛冬日云销雨霁后的一抹暖阳，温暖细腻，灿烂动人。

贡院养人，于琳棋这般秀外慧中、兰质蕙心的才女尤甚。这片钟灵毓秀的土地令她爱得深沉。"此生无悔入杭高，来世还做杭高人。"这是一种遇见后的对话，更是一种表白时的成全。文学的梦与思，青春的悲与喜，求学的苦与乐，校园的春与秋，在她笔下都成了凝露的时间玫瑰，幽幽一缕香，深深旧梦中，香不止，爱无涯，情未了。

琳棋洞明世事，练达人情。心大了，世界就小了。

当孤独、守望、乡愁、信仰等词扑面而至时，当将生命省视、自然忧思、文化批评、家园重建等命题倾注笔端时，我知道，琳棋在成长。她的心渐渐由小变大、由内向外、由浅入深、由繁至简。她在文学的秘密花园里，时而望星空，时而俯大地，时而省自身，时而看天下，时而发思古之幽情，时而叩悲悯之心弦：只为构建一个乌托邦，同时许你一个理想国；只为跨过山和大海，从梦开始的地方出发，于彼岸的诗和远方抵达。

"为了看看阳光，我来到世上。"巴尔蒙特为琳棋的文字做了很好的注脚。

青春是一首太仓促的诗。如果你已好久不为一朵花微笑，为一片叶欢欣，如果你已好久不愿深情拥抱这个温情的世界，如果你已好久不说你的梦想是征服星辰和大海，翻开这本书吧！你会感受到雪的融化，春的临近，眉的舒展和心的欢愉。

莫教冰鉴负初心。

是为序。

许　涛

2018年11月

（许涛：浙江省杭州高级中学副校长，共青团浙江省委学校部副部长。全国优秀教师，教育部优课评审专家，浙江省教坛新秀，省十大优秀青年，全国语文授课大赛一等奖获得者。）

王琳棋是我的学生。

我不见她，已近三年了。

但教学楼楼梯口的校园宣传栏照片里，依然有她当年在台上主持晨会时的身影。

我是王琳棋的语文老师，也是她的班主任。她是公认的好班长。她模样好看，成绩突出，能力全面，最紧要还有一颗良善的心。因为她的带动，班级的读书节"快闪"、午间音乐会、朗诵表演、班会活动……无一不精彩。那年诗人COSPLAY活动，她扮演的是"林徽因"，我至今仍记得。

王琳棋是会写文章的。凡是她的文章，我向来觉得好。她的文章有洞见，亦有温情。她的语言向来平和素净，是有底气的。她笔下的那个馄饨担子，那棵碧莲的桂花树，那碗永嘉的"新米饭"，乃至她的父亲"阿原"，都曾被我数次提及，作为她的学弟学妹们习作的示范。

在我的课堂上，王琳棋是最亮的星，她的眼里永远有光。她的母亲曾告诉我，每次有示范课活动，她都会比往常更加认真地预习，只为让观摩者的赞许为班级多添一份荣光。提及王琳棋的母亲，印象中的她睿智通达、谈吐大方，也颇有一些文艺气，都说父母是孩子的镜子，确乎如此。

可惜，我未能陪伴她走完初中三年的时光。后来由于九年级分层教学，王琳棋自然被分到了优生的队伍中去。不多久，经由提前招生，她便去了杭州高级中学就读。杭州距离温州不远，最多不过一场《黄金时代》的距离。其间，我曾多次抵达杭州，却均未曾与其相会。有时是自己琐事太多，有时则怕耽误她的时间。但我想，我们之间总是有一份默契——在未来遇见更好的彼此。

所幸，她未曾忘却我。我愿她一生温良，一路多欢喜。

得知王琳棋即将出版个人文集，我从心底为她高兴。这集子写意了她的一段青春岁月，其中必定有诗与远方，也会有星辰与大海。煮字生涯，其实是一段孤独之旅。如果还有什么要嘱托的，想必是一句："初心易得，始终不易。"

今年，是我教书生涯的第十三年。加上王琳棋，迄今独立出版个人作品集的仅两位学生。年少时，我亦有过作家梦，只是未得圆满；如今梦想照进现实，学生们逐个在少年写手中突围，未来定将更有出息。

平生第一次为他人作序，纵然余生漫漫，学生后辈定然青出于蓝，但心下已不愿为谁的序言再提笔。

琳棋，多谢你！

高　卢

2018年11月20日

（高卢：温州新雨少年电影学院资深导师，温州市教坛新秀，温州市优秀教师。）

目 录
Contents

——————— 第 一 辑 ———————

回忆会从内侧温暖你的身体，同时又从内侧剧烈切割你的身体。

——《海边的卡夫卡》

一个想认识你的小姑娘 01

杜拉斯说，当一个人开始回忆时，他就已经苍老。但我想有时候它不意味着苍老，回忆是对过去的美好事物的回想，对旧时光的郑重其事的祭奠，写下这些没有别的目的，就是为了追忆，追忆似水年华，这些日子是我这辈子都不会、不想也不敢忘记的。我会把它们小心翼翼地埋藏进记忆深海里，偶尔在阳光晴好的午后翻出来晾晒，再懒洋洋地把有暖洋洋味道的底片重新收藏。

所以，我把一个相册命名为陈年旧事，相册简介来自草稿纸上随手摘抄的语段：

回忆就像女儿红一般被埋进土里，偶尔想起来挖两锹出土，都会醉到半死。一群人怀旧，就着往事下酒。

开始吧——

森贝儿的Kindergarten

幼儿园的记忆离现在太久远，久到忘记了它的面孔，只能模糊地在纸上描出大致轮廓。

2006年秋，一个幼儿园大班的小姑娘蹦蹦跳跳地跟在奶奶身后去上幼儿园，小书包有节奏地拍着小姑娘的屁股，可她浑然不觉，一路飞进"一幼"的大门，快乐地迟到了半个小时。

晨练的音乐极有节奏感，小姑娘探头探脑，脸一红头一低钻进了队伍，四肢极不协调地做着早操，神情尴尬。末了照惯例是拍皮球，憋红了脸的小姑娘十分无奈，手上圆圆的小东西绵软地弹跳着。

班主任詹詹极和蔼，眯起笑眼问："去不去参加拍皮球比赛呀？"

"不——去——了——吧。"小姑娘羞涩地答。

中午是要强制午休的。小姑娘满身精力无处发泄，午休的半小时如脖子上的锁链。巧的是，园长特别关照，贴心地给小朋友们备了小房间。阳光晴好的午后，是少女们犯玛丽苏症的好时光，空气里有泥土和甲虫的气味，大好光景下小姑娘"悲壮"地奔赴"战场"。左右两排两层巨床上躺满了密密麻麻的小朋友，小姑娘后来的密集恐惧症可能就源于此。身旁的小女孩、小男孩们甜甜地睡着了，小姑娘还是辗转反侧，愁如枫桥那晚的张继。

　　头上突然飘来香气，小姑娘睁开眼，满世界只有一个大桃子，大桃子，大桃子。小姑娘意志坚定地咬了下去，想象着广告里"100%果味原汁萃取"，就着满嘴的细毛，醉倒在那个下午。老师尴尬地咳了一声，"姑娘，桃还没洗，让你先闻闻看"。小姑娘后来回忆起自己的文学启蒙契机，正是这个桃子让她在别人看动画片傻笑的年纪懂得了吊胃口的含义，养成了深思熟虑的好习惯。

　　周五对于幼儿园的小朋友们来说是十分重大的节日——交换玩具日。小姑娘带了一个超大的公主城堡，有海洋颜色瞳孔的Cinderella，化成泡沫、充满物哀美的Ariel，走进野兽内心的Belle，最有名的Snow White，受过纺针诅咒的Aurora，孤独却勇敢的Jasmine。同其他小女孩一样，在年少时光里小姑娘充满着对公主的渴望。长大后慢慢褪去神话光环的仙女故事黯淡在长河里，但对温存世界的向往让小姑娘没有丧失自己的本心，也没有荒芜自己的内心世界。

　　当她们围在一起对每位公主评头论足、争辩不休的时候，单纯干净得根本没有考虑未来。

　　城堡是爸爸花了一个晚上照着图纸细细拼凑而成的，小姑娘小心地放在了桌面上，温柔地注视着，嗯，一堆塑料。"前面是公主城堡的绿地花园，这是……"小姑娘忘记了公主拗口的英文名，笼统地总结，"这是大公主，这是二公主，这是……这是小公主，小公主最漂亮。我把她放到塔顶上……"

啪。

小公主从塔顶上摔了下来。

一群小姑娘愣住了。撕心裂肺，像哭自己的孩子。五六岁的小男生从容地开着小赛车，极为轻蔑地瞧了一眼身旁伤心欲绝的姑娘们。

"哼，女人就是爱哭，麻烦。"

班主任闻声赶来，又犯了尴尬症。

这周六要进行爬山比赛，小姑娘可兴奋了。"爬山去中山公园哦"，这条宝贵的建议是爸爸提出来的，所以——为了爸爸，一定要争气！！妈妈奇怪地看着女儿，女儿一脸壮士赴死的英勇。

还是艳阳天，但日子太过美好，所以注定要发生一些不太愉快的事情吧。

哨子响了。

小姑娘冲了出去，可惜并不是脱缰的野马，也非一支离弦的箭。小姑娘迈着她的小短腿一步一步往上跑、走、爬，以惊人的毅力挪到了山顶。运气不错，瞎撞上一个三等奖，大家坐在石阶上，排排坐等着领奖品。旁边路过的爷爷奶奶们满眼笑意地看着这群闹腾的小朋友，似乎想起了自己的孙子孙女。也不知是哪位粗心的家长，发拼图时忽略了小姑娘。今天诸事不顺，不宜出门。小姑娘坐在角落里，像被世界遗弃了。脑子里回放着悲情画面，假戏真做开始掉眼泪，梨花带雨，好说歹说，被换上二等奖的大拼图。

那张班级合照上，小姑娘抱着大拼图，眼睛肿肿的，笑靥如花，比哭还难看。

小姑娘最近不大喜欢一个女生，名字是叠字，长得白白净净，行情走俏。小姑娘第二天回家就要求妈妈买有钻石的亮闪闪的衣服，形容起来绘声绘色。妈妈十分奇怪，平日眼光不错的女儿为何突然转了性子，开始演变为知性贵妇风。妈妈照例让小姑娘穿有手绘图案的衬衫，九分牛仔裤，梳着双辫子。拗不过女儿，买了一双银色的有跟拉丁鞋。小姑娘心满意足，踢踏踢踏跑着去上课，丝毫没有顾忌身上违和而奇妙的搭配。

小姑娘班上的一个小男孩见了，十分委婉地说丑，被小姑娘凶了回去。事情的发展总出乎人意料，无常也是经常的一种外在表现形式啊，于是事情就开始往一种诡异的方向发展。小姑娘人生第一次被邀请去男生家玩。小姑娘少根筋，稀里糊涂地搭了一下午积木，搭了又推倒，回环往复。还吃了一碗瘦肉丸，油光满面地与阿姨道别后就回家了。

小姑娘班上还有个男生，眉毛、头发花白花白，大家笑他是没长大的圣诞老人。不知哪个爱搬弄口舌的家长说这是一种病，会传染，离他远点。同学之间以讹传讹，慢慢地没有人再与他来往，他总孤身吃饭、玩乐、捉蟋蟀。小姑娘看在眼里，安慰他："你会好起来的！"

男孩的眼睛亮了一亮，害羞地跑开了。

因为大人的无知和愚昧，伤害了一颗幼小的心灵。小姑娘后来上小学才知道，白化病是遗传，根本无传染一说。上帝在创造这个男孩的时候手不小心一滑，给小男孩带来了一段没法弥补的伤痛。

没多久，男孩还是转学走了。小姑娘发誓这辈子都不要做长舌的人，永远永远，不要。

小姑娘最近交了一个新伙伴。眼睛大，亮晶晶，齐刘海。性子大大咧咧，和小姑娘正好互补。女生要换牙了，牙摇摇欲坠，她上厕所后出来洗手，

"啊——"

整栋教学楼里回荡着女孩的惨叫。小姑娘心急火燎地奔到厕

所，看小伙伴的嘴角渗出一丝血。

"啊啊啊啊啊啊——"这回是小姑娘更心痛的叫声。

心痛得像要久别的情侣。

"牙齿终于掉了，一点都不疼哎。"

"真的，太好了！"

吓坏了的老师闻讯赶来，又犯了尴尬症。

日子一天天如流水般流过，幼儿园的时光快要结束了。音乐老师很漂亮，就是脾气暴躁，喜怒无常，小姑娘每次上音乐课前都会紧张得像农民伯伯一样搓手。最后要学的歌叫《小白船》。许多年了，小姑娘还会唱。也不知是这首儿歌的调调太过迷人，还是老师凶悍严苛的死命令，迫使小姑娘把《小白船》记在了脑海里，在梦里摇啊摇。

最后一节课上体育。

当时的小男孩、小女孩们热衷于看《虹猫蓝兔七侠传》，人人走着走着冷不丁喊出：双剑合璧！吓得路过的校工打冷战。

小男孩晨晨凑了过来："我会守护你的！"

班主任从身旁掠过，继续尴尬。

小姑娘拿出一把巴掌大的玉剑，晨晨也拿出一把，两人默契地朝天空喊："双剑合璧！"

校园里的几排树木站着，摇出平静的唰唰声。

六月和风拂面，有忧伤也有新的生命在跃动。

蓝蓝的天空银河里

有只小白船

船上有棵桂花树

白兔在游玩

桨儿桨儿看不见

船上也没帆

飘呀飘呀

飘向西天

五六岁的小孩子对离别的概念还甚是模糊。

幼儿园毕业了，毕业照上的小姑娘露出一口小细牙，笑得傻里傻气。

市府路的小学

小姑娘开开心心地从幼儿园毕业了。

上小学第一天，门口的哥哥姐姐们举着向日葵的牌子，上面写着一（5）班，一个个笑容可掬。

没有任何不适与慌张，安安分分地被领到班级。只是小姑娘依然不改她的害羞，坐在了另一个看起来也很害羞的女生旁。班主任笑着看着他们，满脸恬淡、声音细细地做起自我介绍。小姑娘静静地听着，但没有料到今后这个老师竟给他们带来如此深刻的影响。有些人只是生命中的过客，但有些人留下的生命印记一辈子也不会忘。

小姑娘悟性不错，一年级的拼音没有磕磕巴巴，小时候外婆给小姑娘建了一棵知识树，树上挂满了生字卡片，上面有常见的汉字。外婆总夸她，真聪明，一下午认识了这么多字。很小的时候和舅舅一家出去玩，看到一家银行，小姑娘奶声奶气地念："中——国——银——行。"舅舅吓了一跳，这么小会识字了？！姑娘内心开满了小花，嘴上无比羞涩地说着"谢谢，谢谢"。

小姑娘的妈妈看在眼里，暗自庆幸，看样子是有点语言天赋，十个月会说话，挺好。

小姑娘毫无波澜地读完了一年级，拿到了一张满是特优的漂亮成绩单。

今天要成为少先队员了，对所有小学生来说，这个日子都是神圣的。对面的学姐仔细地给他们戴上红领巾。小姑娘啪的一下努力

尊敬的老师、亲爱的同学：大家好！

今天很高兴能站在这个舞台上展示我的风采，这几年我行走江湖的秘诀是"魅力、能力、才力、学力和魄力。

一、魅力。每天你们都能在学校的笑脸墙上看到我，活泼开朗的我用我最灿烂的微笑迎接大家的到来，我曾多次为全国各地的客人介绍我们的少年科学院，与众不同的我受到了校长和大队老师的好评。

二、能力。我在去年就被学校大队部聘任为学校大队委员、学校辅导员，在同学中有很高的威信，是老师的好帮手。今年暑假被学校推荐参加中日韩文化交流活动，在首尔活动结束后代表中国儿童做总结发言，还得到中央领导顾女士的接见。

三、才力。我热爱写作，多篇文章被各大报纸和杂志刊登，我还获得了现场作文一等奖、市少儿文艺大奖赛一等奖，荣获校首届文学家、第二届小小文学家等称号。

四、学力。"学习之星"称号，语、数、英等免试特优生，曾经创造了四年级全年所有语文考试满分的纪录，人称"考神"，期末还获得四门主科全部免试。

五、魄力。自信的我相信今日的竞选演讲换来的肯定是明日的就职演说。

这就是我的缩影，让我、让我们所有的'实小'人一起给力'实小'，也让我们一起为'实小'加油！

小姑娘挥舞着她的小拳头，迈向了人生新的旅程。

五年级升格竞选，小姑娘脑洞大开，换了个创意，做了一本只有几页的小书，为此赶工两天。抽签抽到第七的好排位，真正站到了话筒前反倒镇定下来。

大家好！回首几年来的成长之路，那一个个瞬间就如同一本书一样展现在眼前。

翻开第一页，映入眼帘的就是象征大队委员的三条杠。虽然已经破旧，但我依然保存着，作为我多年来刻苦工作的见证。四年级时的辅助员，五年级时的纪检部长，两年丰富的工作经验让我学会了与人和谐相处，培养了积极筹备活动的能力，为我今后的工作奠定了扎实的基础。

翻开第二页，百来张奖状和证书填满了书页。学期期末四门免试特优生、校最高奖项——"校园之星"、读后感现场比赛第一名、朗诵比赛一等奖等奖状数不胜数。去年，英国前教育部部长克里斯汀女士访问温州时，我还担任了全程英语向导。但这一切都是历史，我相信我会创造更多的惊喜！

翻开第三页，是我参加社团——"校园电视台"时的主持稿。我曾担任校园电视台主持人、配音员和撰写员。我喜欢站在主席台上自信地主持，享受用笔描绘丰富的校园活动的过程。在军训时，为了写好一篇配音稿，在老师的房间一直忙碌到深夜。我愿意尽自己的绵薄之力，为学校做更多贡献。谢谢大家！

语气平稳，自信昂扬。

如愿，未能以偿，小姑娘有更大的目标。

计票的小学妹悄悄告诉她，其实你票数是第一，应该是你当选呀！

小姑娘笑了笑，也不以为然。

五年小学生活，姑娘换了副性子，音乐老师宋秋评价她是"静若处子，动若脱兔"，能静能动。小姑娘在上初中前一直把这作为处事信条。

六年级时竞选大队委的场面更加壮观。PPT，介绍KT板，走街串巷演说，小姑娘充分开发脑洞，做出了比上次更完善的成果。抽签的时候似乎是命中注定，抽到了第一个。

小姑娘傻眼了。

糟糕。这么背。

但小姑娘还是带着死猪不怕开水烫的决心毅然走上了舞台。

小姑娘的语调平缓愉快，一下子使观众们清醒过来，大家在听到小姑娘说"大家好，我们又见面啦"后不约而同地挺了挺身子。

后面千篇一律的"不想当元帅的士兵不是好士兵"让观众们又受到了精神催眠。

于是小姑娘终于carry全场。

到了宣读结果的日子，大队辅导员"蟹老板"慢慢地宣布一些无关紧要的事，一直到副大队长的人选尘埃落定。小姑娘的心沉了沉。说不上是兴奋，但总归听到自己的名字已清晰地从老师的嗓子眼吐出来。小姑娘正神游，遗憾地错过了人生当中的重要时刻。好歹从大家的语气和眼神中确认了大队长是自己，轻快地点了点头。

第一个任务是买三条杠20个。"蟹老板"给了50元并且交代：

50元买到合格，40元买到良好，35元买到优秀，给你两天时间哦。

小姑娘当天放学没有去学校旁边的商家，东拐西拐地窜进了文具批发市场，在一家小店里花15元买下了30个三条杠，其中10个就留给粗心的男生吧！

第二日呈上了一沓三条杠，从此，小姑娘在大队部如鱼得水。

　　如果问长大后的小姑娘最怀念哪一段时光，她会毫不犹豫地脱口而出，当然是小学的日子啊。尽管很多记忆已经模糊不清，但在回忆的深海里那是一段远望就毛茸茸、亮闪闪的记忆。

　　小姑娘在操场上向远方跑去，马尾辫被风吹起来，可以看见阳光下脖颈上细细的绒毛。

With You 02

　　我犹豫了很久要不要合并小姑娘的童年生活和少年生活，最终还是狠狠心把它们分开，并且更改了人称（十三岁前的太多记忆已经模糊了，故以第三人称叙述）。中学阶段是一个生命个体自我意识觉醒、自我人格塑造的时期，这时候的小姑娘已经亭亭玉立，不同于从前那个每天乐呵呵的傻姑娘，而有了更多感受生活、感受社会、感受家国的情怀，开始长大成人。

其一

很早以前就想以"最好的我们"为题来纪念这一千多个日夜。二熊是我特别喜欢的作家，同领域里她的作品最干净。无奈网剧太火，只好用了原著上的英译。直译也不错，《和你们在一起》。

散场回家以后走在瓯江路上，风有点热，在耳边嗡嗡作响，眼前涌出很多很多煽情的话。昨晚发完了照片，长篇大论都跑丢了，脑海里竟然空空如也。混杂在不计其数的长长的动态里，我留下十二个字。"感恩，再见。面朝大海，后会有期。"也许这样可以特别一点？一样也挺好，认认真真看完，用尽全力在每一条告别后点个赞。

吃完早饭就开始码字，写一点细细碎碎的回忆。

第一次到温州二中是六年级暑假末，2013年8月底，来这里报到。印象里的它有紫藤和花架，荫蔽如盖。早就听过温州二中的校规很严，果不其然。老师说不能穿无袖上衣和短裤，连脖子上庇佑平安的玉也要取下。现在想想有点不好意思，很不幸，我全部命中。

心里忐忑，默默回了家。

连着两天来学校，听老师讲注意事项，领了课本。

就这么开始了我的初中生涯。

我认识的第一个老师是倪海娜。

报到后一天，我第一次见到她。她穿着玫红连衣裙，提着蛇纹手包，声音很亮很脆。她脚底生风，自带气场，窗边的树叶都在颤抖。我心里有点害怕，谁知道命运竟然给我这么好的安排。

后来倪海娜说，我们都是彼此生命中的过客。学生一届又一届，时光在校园里流转，可能以后记忆会慢慢褪去，彼此生命不再有交集，也许真的只是过客。如果注定要成为过客，那她希望做我们匆匆一瞥的生命里最特别的那一个。

我没有想到，语文是这样的。以前肤浅，以为四年级时凭记忆拿下所有语文考试的满分就是语文成绩好。翻出以前的玛丽苏文，现在看看起了一身的鸡皮疙瘩。初一第一次语文考试我的作文得了满分。娜姐说过：你要是在我的手下还能出一篇满分作文，这篇文章就可以裱起来贴墙上了。我当时在心里默默立了个flag，这辈子要再得一篇满分作文。八年级，圆梦了。写文章的风格被她带得很纯粹，我很满足。

娜姐带我走进了全新的语文世界。以诗解汪峰的歌，以画解顾城的诗。看各种电影，听很多故事。诗人COSPLAY，瓯江路上在陌生人面前也放开了胆子吟诗作对。和别的老师都不一样，除了古文外她很少讲课文，顶多挑两篇她喜欢的。课外阅读倒是一本接着一本。沈从文先生的《边城》，余华的《活着》，汪曾祺的散文小说选，后来这三个人都成为我爱的作家。午间阅读，摘抄，每日感想，上台讲解，PPT。内心丰富起来，对什么事情都有话讲。她带我们经历一次又一次的公开课，从懵懂青涩一直到成熟稳重，是生命里极其宝贵的历练。上她的课我有点紧张，害怕毫无思绪的时候突然被点名，但站起来后在压力之下思路又如涓涓流水一路流淌开来。讲到了我懂的点，东西自然而然地从嘴里蹦出来。不知为何，就是合拍。

这个人也有意思。上课被气会蹦出国骂，从不拖堂，下课铃一响甩袖就走。被她骂都很爽，生气了说我们就是群饭桶，开心了又笑得无比开怀。班主任节还撒娇让胖子背她上楼，好在是瘦瘦的小个子，不然胖子可累得够呛。一天上课的时候她突然开始分享择偶经验，总结一下就是因为懒得洗锅煮饺子才决定找个老公，讲完就开始哈哈哈个不停，笑声无比响亮。

娜姐，宠辱不惊，永远十八岁。

初一第一学期第一周，因为不适应和陌生感，再加上从小学过渡到初中的落差都狠狠打击了我。也不知道犯了什么病，眼泪就像关不上的水龙头。每天回家放下书包的第一件事就是瘫在沙发上抹眼泪。

总会有最艰难的日子，可是不快的日子也会散佚在记忆中的，挨过就好。

熟悉之后，同学对我说，"班长哦，我看你初一刚进来的时候特别高冷，都不太敢和你说话。现在才知道你这么可爱啊，哈哈哈！"

我哪是高冷啊，就是难过得不知该摆出什么表情，说白了就是面瘫。

我天天跑到娜姐那组谈天说地，聊东聊西，看芳哥魔性甩手，在语文课上长篇大论，听男生插科打诨，皮得过分了还掉进水里，停不住的魔性笑声仍然余音绕梁。带领整个班热火朝天地筹备午间音乐会，不定时参加各种各样的比赛，抽了空再去竞选学生会主席，并成为副主席，初一也就这么吵吵嚷嚷地过去了。

其二

听天气预报说晚上会有大暴雨。明明前几天还是太阳炙烤着大地，连悟空都以为到了火焰山，今天的大风却一下子吹寒了本就拔凉拔凉的心。

　　坐在记忆的小舟里，在风浪中颠簸着回到了初二。我印象最深的一年。

　　点点同学说过，初二是最好的时光。没有初一的懵懂，开始成长蜕变；没有初三的压力，但开始知道要努力。不再像青涩的学弟学妹一样仰望高处，而能如鱼得水，自由地穿梭在樟树浓密的树荫里。

　　这一年好像发生了很多事。回忆汹涌而来，排名不分先后。

　　七年级升八年级的暑假里去了团校，拿脸盆吃西瓜，颇有几分梁山泊上水浒好汉的豪气，虽然，没酒没肉。提升了组织策划能力，体验了和一大拨人从陌生到熟悉的过程。遇见了一些故人，带着过往升入了八年级。

　　八年级上学期认识了一位新的科学老师徐王丹老师。第一印象是很美的长卷发和高挑细长的背影，换不完的大衣和讲不完的题，讲课极其耐心细致。她陪我们度过了之后的时光，在走廊上遇见我们会微笑着招招手，永远一副娴静温雅的样子。

　　广播站继续开张，忙得团团转开始做新学期的海报。新一届学生会选举，招进了好多有意思的学弟学妹，也在广播站招干部时认识了可爱的路亚和筠雅。嘉璇学妹清凌凌的嗓音，小豪学弟羞涩乖巧的微笑……都历历在目，清楚得好像就在昨天。

我们班总是逃离不了体育魔咒。自嘲着也算有了第一——虽然是倒数，快快乐乐没有负担地庆祝每一位同学完成比赛，这何尝不是一种精神？精神文明奖颁给我们班吧！嬉戏打闹间，忘记了名次，只有满心的欢喜快要溢出来。

校园开放日箭在弦上，蓄势待发，大家一边赞叹着烘焙社精美的纸杯蛋糕，一边顺手偷吃了几个热乎乎的蛋挞，这一天的阵容让大家直呼温州二中可以改名叫温州第二皇家中学。做完志愿工作就跑去上公开课，背上余汗未消，但到讲台上又收放自如。

璐瑶来了，带着她的相机和诗意。她是陪我们从春寒料峭走到艳阳高照的倪老师的助教，为我们记录下八年级下学期的点滴。午间音乐会，灯暗之后闪烁着莹莹的闪光棒，为合唱曲目《那些年》作钢琴伴奏；三行情书中每一片爱心，跳跃的身影；郊游时充满着夏日味道的两张合影。一张张翻过，原来我们有这么多共同的、美好的回忆。

也许是到了九年级的关头，我们要习惯更多的离别。朱丽艳老师，在最后一周里陪我们开了一个九年级的小头，然后踌躇地道别了。她当年也是春风得意的全科学霸，说着说着就觉得自己太煽情，假装看不见台下每个人眼角的湿润。"又不是看不见了。""见面还要打招呼的啊。"可我更难过啊。抬头不见低头见，想问问作业才发现已经不是她了，更憋屈哦。她上课时高分贝的嗓音，见面时亲昵热情地叫着我们的名字，篮球赛得胜时开心地和我们拥抱，上课吵闹时恨铁不成钢地嫌我们是鸡血班，以及她不断变换的发型，马尾扎上去又松下来。因为太好了，所以什么细节都怀念。《朱丽叶》这首歌，听到就会想起你的名字。太巧妙的谐音，每当读出这三个字都会觉得甜甜蜜蜜。

八年级下学期期末考后，坐在书房里安静地看书。妈妈云淡风轻地进来："你要是考了年级第一有什么想法？"

我耸耸肩膀，怎么可能，不敢想。

突然感受到空气中涌动的奇妙气氛，如果可以张扬一把的话，就是现在吧。

"妈耶，我不会考了年级第一吧？"

"小王同学，恭喜哦。"妈妈微微笑了笑。

好像没有太大的欣喜（事后我妈说她当时以为我吓傻了）。娜姐发来的短信上说，这次考了年级第一，不错。

不错。好像是挺不错的……我也觉着不错，但是下次还是别考了，压力太大容易紧张。回想到考前写科学卷的时候手抖个不停，上完洗手间洗手都洗不利索，半天拧不开龙头。

世界上有很多东西总和预想的有偏差，没怎么复习却有不错的成绩，努力钻研却得到失望的结果，都很正常。但人生正是因为大大小小的惊喜与失落才会一直前行吧。有所行动，无所畏惧。

八年级升九年级的暑假返校考的阴影一直笼罩在我心里，怂。

谁也没想到，一分，倒是分走了很多的记忆。

暑假里我是一只吃瓜的兔子。海纳六班的官博已经开始倒计时，屏幕上记录着距离我们分开的日子，一天天的，数字越来越小。

军训之后，传说中的九年级开始了。

其三

可惜的是，我没有过完一个完整的初三。不过这是后话，稍后再言。

军训大阅兵期间发生了一点小插曲，然后初三开始了。告别了一些旧友，踏上了一段新的路途。坐在火车上前行，经过了更多的山谷和溪流，看了更多的风景，结识了更多的朋友。

不知道会被分到哪个班级，我提早来学校为新生介绍校园，踩个点，默念着我要分到光线好点的那个教室。厉害的是，如愿以偿了。

第一天差点迟到，摸进教室坐在了最后。克慧站在讲台上看着我们笑，紫色的神奇发色，大波浪卷，嗯，确实很漂亮。她是我认识的第一个老师。PPT是鸡汤风格，声音严肃而又温婉。

初三开始了。

这个班有很多名字，综合一班是我最喜欢的，其他名字不便赘述。有趣的是，我又在一个偏理科而且闹腾的班级。

一开始大家不熟悉，都很乖巧但也很淡漠（大家的老司机属性都隐藏得很深）。本以为和原班只是主科分开，结果自成一班。大家嘴上说着要融入新集体忘记原班级，但还是忍不住三天两头跑一趟原班级，看看熟识的面孔心里才更安定。每到中午，教室里总是空空荡荡。又开始艰难地适应生活。科学考试的打击，来自同学的压力，陌生的老师，我很迷惘啊。

原来的班里渐渐没有了自己的位置，无处安放，生活也逐渐迈向了不同的轨道，记忆还在，只是埋到了深海。

距离更近的同时，有些东西也在远去。慢慢地适应，听另一拨人插科打诨，偶尔想起，也挺好的。

生活总不会一成不变，不如像鬼佬一样，把困难看成challenging而非tough。有挑战，生活才有意义。

非常感谢大神们带给我独特的教学理念和方式。（吓得我也更厉害了。）

克慧。可能在作文理念上风格不同，但她的建议很中肯也很动人，电脑屏幕上青海湖里的她就像个诗人。上课的时候，我一刻不停地做着笔记，听着故事，语文基础越来越扎实。克慧经常给我们灌鸡汤，在教室里贴各种励志标语，是我见过最认真、最负责的班主任。

于炎。从一开始的畏惧，到后来的尊敬，到现在因为他认得出我的欣喜。跨年远足的时候他走在我们前面，高呼着"这是神的力量"的那一刻，太阳照在他头顶上，我真觉得他是神人。表情包（求亲亲）、语录（解法藏在画法中），聊天里总有他的痕迹。三十秒解决中考数学填空压轴题。于炎的故事说不完，而且只有我们懂。

莎莎。我说她跟天照只差一两岁你信吗？莎莎给我们播放她年轻的时候去澳洲的照片，没有齐刘海，很青涩，笑得跟现在一样活泼。思路很清晰，英语高级句式随意感受，不然怎么当特级。尽管福利只有免抄单词，但还是打鸡血一样地亢奋举手。她上英语课永远不会累，永远年轻有活力。

天照。第一印象是黑。但我们毕业以后，好像更黑了。他的课节奏很快，不冷场。正经事没干多少，都讲段子去了（别说话我开玩笑）。该认真上课一本正经讲讲细菌的小故事，憋不住了露出傲慢本性，少有的矫情，却把我们感动得一塌糊涂（一次请我们吃全家桶，说你们都是我的孩子啊，当然也要给你们买咯，大家感动得一塌糊涂，虽然最后是克慧买的单）。与太阳比，天照更热情，全身上下都是光芒。

朝朝。第一印象是她的口音和调皮的眼白。习惯以后才发现她的魄力。讲到"文革"和"二战"诺曼底登陆，别班赶进度时她骄傲得都不认真上课了，每天开讲很有意思的小故事，林彪的飞机，诺曼底开挂的军官，所有人都听得很开心。她要求我们背诵的要点奇准无比，同样一个事件的影响，别人背100字，我们背10个字，却命中率百分之百。朝朝保持着很好的身材，不重样的长裙。是我们的女神朝朝。

就像幼稚的小孩一样，我们还是避免不了各种奇怪的认亲。爸爸鲁大，妈妈晨晨，龟弟弟芳哥，熊弟弟赖赖，小花仙女姐姐老胡和她的官配使劲哼，哥哥玥潼，姨姨和带鱼。插科打诨的各种段子，给沉闷的生活加了很多有意思的料。

再比如奇怪的流行游戏。五子棋啦，反手拍掌啦，虽无比幼稚，但所有人都乐在其中。

运动会靠王董狂砍几十分，野炊的时候甜甜的鱼和起火的锅，远足时起泡了好多天的脚和小左儿停不下来的段子，不曾想过短短一年我们居然攒了这么多故事。

很多，但我还是舍不得用掉。

九年级下学期提前招生录取后提前体验了高中生活，认识了一拨儿可爱女生和活泼男生，开始怀念，那段奔忙的日子想起来也很好，至少生活有奔头。

无巧不成书，兜兜转转又去了杭州。

渐行渐远。

毕业照，毕业晚会，毕业典礼。所有的事情都打上了毕业的印章，都预示着你别活在回忆里了，它们总会过去的，谁舍得呢。

认真地筹备着最后的晚会，主持，催同学上台。万分享受万分不舍地干完了最后的事情。中考分数落定，分数线划定。大概有的开学会遇到熟悉的面孔，也有的人像我一样要面对全新的环境。

不管怎样，谢谢这三年。谢谢所有我认识的人。

不敢说现在是最好的我们。只希望，将来有更好的我们。将来也许会迈上不同的轨道，但只要存留这些回忆就足够了。

感恩温州二中，但还是要说再见。

后会有期。

"品德须修，学术是竞。"我永远记得。

我说真的，后会有期！！！

谢 幕 03

日历已翻到十一月末，天气有些转凉。

清晨，空气虽然冰冷，但也清爽，使人为之一振。

早早就到了会场。清一色的正装，每个人的脸上都是期待和欣喜。班级的方阵整齐有序地经过主席台，每个人脸上都充满着青春的朝气，踏着一致的步伐，喊着自信的口号。气氛肃穆而神圣，每个人都屏住了呼吸。无人机时而盘旋时而俯冲，绕着偌大的体育馆记录下每一个瞬间。射艺表演一如既往的精彩，朗诵着《少年中国说》的我们投入而富有激情。阳光缓缓地笼罩了整个体育场——

"温州市第二中学第67届运动会现在开始！"

横幅红底黄字，主题词是"责任 荣誉 拼搏 传承"。

台前的你们，诠释了拼搏

一百米预赛，她是小组第一。微弱的阳光洒在赤色跑道上，她额前的两缕头发在风中有节奏地跃动，干净利落的侧颜因为拼命追赶在风中也有些颤抖。赛前她有点忐忑，脚踝上的膏药没有撕掉，前一天还跌了几跤。决赛的时候，她吃力地冲过终点线。她有点落寞，但依然强颜欢笑，我轻轻地抱了抱她。"其实，你在我心里很好了呀。"

同一个赛场上，所有运动员都奋勇向前，脚底生风，身形轻盈。风有点寒冷，但运动场的空气里充盈着的是碰撞的激情，好像也没有那么冷了。

耳边不断响起尖叫，男生也用劲地捶着大鼓。咚、咚。鼓声响起，脚步踏下，无论哪一方都用尽全力。每一个奔跑的少年都诠释了什么是拼搏。

幕后的你们，诠释了责任

同学回来忿忿地说，想要下楼为运动员加油，但长跑服务证不知落在了哪里，戴上其他牌子，却被志愿者拦住了。终于找到了服务证，志愿者才笑着放同学进场。其实，那就是你们啊——

场上总有火红的身影，穿梭在运动场的各个角落。他们帮忙整理，检查人员，一丝不苟地执行任务，恪尽职守。可能没有多少人注意到他们，也没有掌声，没有鲜花。但他们一直在，开幕式，赛场上，赛后……都有他们的一份力量。

最好的我们，诠释了荣誉和传承

看着挂在运动员脖颈上的奖牌在太阳的照射下放射出光芒，看着站在领奖台上的他们脸上满足的微笑，一个人可以为班级争得这么多的荣誉，真好。看着他们虽没有拿到奖牌，但发现自己的名字在排行榜上，叹了口气，而后微微一笑。橙色的身影跃出，画出干净清爽的弧线，再落下，真好。看着他们什么都没有，但参与了，拼过了，脸上是完成比赛的幸福感。原来参加过就不后悔，真好。

射艺表演惊艳了赛场。传统弓注重力量美与准确美的结合，射艺作为传统技艺如今却鲜有听闻。学习射箭的技艺，也是对中国传统文化的传承。射艺三番，孟子说发而不中，反求诸己。不只是练箭，也是练心。古装素弓，礼仪端庄，箭簇刺破长空，承载的是传承的夙望。

我们赢得荣誉，我们传承着运动的精神。只要参与便不留遗憾，只要拼搏就不会后悔。

三天的运动狂欢落下了长长的帷幕。每个人行屈膝礼，一齐拉着手谢幕。

夕阳落山，云像岛屿一样安静地飘浮在淡蓝的天幕上，阳光依旧肆意地透过叶隙洒落，绚烂得有些刺眼。

几只彩色的气球晃晃悠悠地飞上天。

承载着梦想和希望的，是青春。

运动会上，有最好的我们。

砥砺前行 04

因为G20的缘故，今年的军训开始得特别迟。

按惯例秋天的温度总会平和些，没有如火的顶头太阳，但也热得够呛。

太阳光直射在草地上，余温绕操场。睁着午后倦怠的睡眼，一声令下，军训开营。

操练

教官姓刘，他没有说自己的名字，声音威武沙哑，一脸不随和地说——那啥，你们别怕啊，我很随和的。

大家都笑了。

我们都脚跟并拢、脚尖呈60度分开，手指并拢中指贴裤缝，重心前倾抬头挺胸，表情严肃地站着。教官无数次重复演示，动作要领早已烂熟于心，但怎么站都站不出他们的风采。阳光很热烈，一阵大风刮过树林，我们摇摇欲坠。我意识里以为自己要倒下，但回过神来却发现还是笔直地站着。教官额上流下的汗珠反射出太阳的一点光亮。思绪随着蒸融的水汽上升，绕着操场漫游，飘飘荡荡。

"活动一下。"

脊背早已僵直。双脚微麻。

"停！"

吓了一跳，迅速地笔直立好。

每天都这样，从军姿到跨立稍息到停止间转法到齐步行进立定到跑步行进立定。一点一点，我们挺起了脊梁，目光坚毅，信仰坚定。

放松

团结、紧张、严肃、活泼。教官说训练时要面瘫，休息时可以放开了玩。

教官从口袋里摸出一张纸，像农民一样搓搓手，憨厚地笑笑："今天我们教拉歌，跟着我说——一二，快快；一二三，快快快；一二三四五，我们等得好辛苦；一二三四五六七，我们等得好着急；一二三四五六七八九，你们到底有没有。"

"要你唱，你就唱，扭扭捏捏不像样，像什么，大姑娘！"

"要我唱，我就唱，我的面子往哪放？"

叫得脸红脖粗，也没见对面有动静。反倒是喊话的过程充满欢乐，饱满的精神灌满了每一个细胞，甚至要溢出来。

教官好像也很喜欢唱歌。每到课间就拉着我们练歌。有意思的是，《强军战歌》教官唱了两次，歌词一样，调调却像是两首歌。即便是这样，每次教官朝天大吼的时候还是特别潇洒，尽管破了音，也许还走了调，但他脸上的神情却极其真诚、专注。

矫情了一会儿想到了四个字：赤子之心。

班里两个男生调皮，总爱笑，教官龇牙咧嘴地生气，露出一口大白牙。"你笑啊，我人长得不帅，牙还真的比你白。"

实在忍耐不了，教官冲着男生大吼："你这么爱笑，现在大笑三声。"

男生一根筋，真诚地大笑了三声——哈、哈、哈，中气十足。回音环绕在空旷的天空里。教官也憋不住了，似笑非笑地极其压抑地咧着嘴。就如打哈欠会被传染，军训时的笑点也变得更低，整个班都笑开了。所有人前仰后合，如同盛夏海岛边的波浪。教官赶紧整顿纪律，朝着主席台瞥了几眼："严肃点，严肃点。"

转头他就去欺负隔壁班的瘦小教官。

告别

操练结束后安排听学科指导讲座，教官带着我们到了报告厅。路上，他轻轻地说，你们都是聪明的娃娃，高素质，要好好学习，别像我一样。天气很阴沉，教官这几句看起来淡淡的话让我觉得闷闷的。如流水般的日子已经把大不了我们几岁的教官打磨成了一个有血性的男人，但每个人的年少过往里都会有缺憾的那部分。还记得他第一天说的一句话。"我是个粗人，脾气很急躁的，你要是惹我，我会有很多种方法让你不好过。你别瞧我不顺眼，至少这几天要服从我的命令。"

我看着他离去的背影，坚毅刚直，如松挺拔。

热血难凉 05

谨以此献给所有喜欢篮球的男孩。

这周五天有四天都在看球，我发觉真是爱上这项体育竞技了。

以前总是不理解为什么男生总爱泡在球场上，一有时间就抱着球往外跑。场上的每个人都全情投入，无论技术好坏。置身事外的我有一点困惑，但是看着他们飞来跑去兴奋异常的神情，心里有个小角落还是毫无来由地被触碰到了。

第一场赢了以后看着他们绕场张开手臂的样子，我发誓这是我这辈子第一次喜欢这种不可一世。即使万分臭屁，但是无关骄横，只有热爱和信仰。第二场局势不太明朗，第一节也因为对方小动作不断而日渐焦灼。我看着他们接球传球满场飞跑，汗水四处挥洒。就这么眼神失焦，思绪开始抽离，耳边不再有哨音和尖叫，也不再有篮球打在地上一下一下的，沉闷的声音。

也许很多年后的我，回过头来看到现在站在球场上，紧张地抱着手祈祷——把所有好运气都分给罚球的他们的自己，会微微一笑。矫情了一会想着，原来这就是青春啊。所有人都在拼命追逐某个球，满场飞奔，也许有的人根本没机会上场，但无论是核心队员还是观众，我们都参与了，我们都乐在其中，我们都享受到了这种奇妙的、恣意的感觉。

回过神来的时候已经是下半场，计时结束的时候还是平局。时间原因没法打加时赛，只好罚球，现在的我还是捂着胸口说，这是长这么大以来看过最令人紧张的比赛。车轮战式的投篮，一次不进就宣告着失败。对方进了对方欢呼。我们进了我们欢呼。战战兢兢，如履薄冰，一遍又一遍的等待与煎熬实在是在挑战承受能力的极限。进球以后我的第一反应不是鼓掌，而是松了一口气。他之前去踢了足球，他的脚伤还是没好，他看起来也很焦躁，体力不支加上时运不济，成败定格在最后一个球上。所以，就差一点点。

结束以后，他们坐在地上或捶胸顿足或呆呆地喝水，他说着"最后一次了还输得这么窝囊"一拳打在球架上的时候，正要离场的我愣住了。我回过头小心翼翼地看着他们，犹豫了一下还是走掉了。他们更懂，所以他们自己消化会更好。说过很多次要学会长大，就从这里开始吧。

我还记得初三的时候回校，一群男生围在大屏幕边大喊"勇士！骑士！勇士！骑士！"的时候，我只是笑一笑，笑他们的过分张扬。但现在我发现我开始理解那时候的他们了。说普通一点是单纯的热爱，往深里挖掘就是一种信仰。那种无比想赢的欲望，那种分秒必争的渴望，意志和信念让他们变得很有力量。断断续续看了几场球，还是记不清打手走步和阻挡的手势，还是不知道什么时候应该鼓掌，但是好像懂得了什么是野心，什么是团魂，什么是轻狂，什么是信仰，什么是少年。

　　我安慰他们的时候说，这场惜败是这个阶段的最后一场，但以后的路还很长很长。今天过后出线名额也定了，看完了他们的最后一场，他们说着"对不起"的时候，我无比心疼。留一点遗憾，但万幸不后悔。接下来对我们班的男孩子而言也是一场硬仗。他们说没事没事，接下来享受比赛。他们好像真的长大了。只要一直热爱，篮球永远不会缺席每一位少年的生命。

　　十年饮冰，难凉满腔热血。

很高兴见到你 06

想想开学第一天的时候，她穿了一件玫红的连衣裙，夹一个手包，无声无息地走了进来，再无声无息地站在讲台上。班里一下子安静下来，也许这就是所谓气场。我服了她，从那天起。

窗外仍是阴雨连绵，她开始说话，响亮清晰。柔和的语气中带着强硬，我们一下子被镇住了。我当时就觉得，她应该背一个双肩包，再穿件T恤才对。后来相处久了，发现果真这才是她的着装风格。她不是那种看起来让人觉得威严的老师，真正接触她后才会感觉到她的强大。

从她第一节课，把课本往讲台上一抛，让我们朗诵海子的《面朝大海，春暖花开》开始，就立刻激起了我对她的崇拜。她是一个简单的人，从她选的这首诗就可见一斑。

上到兴起之时，她就抛开课本，写下满黑板潇洒的板书。她随时都可以进出一大段经典名句，古往今来，中西皆有。她好像什么都知道，仅以自己引以为傲的宋词为例，到了她那儿，才知道自己成了那个阿蒙。在语文课上，我做的笔记，总是一本又一本，又多又杂，却很受用。她总是很少教课本，考前背背古文，翻翻她上课时我记下的笔记，分数出来也没有令家长上蹿下跳。

这就是她的魅力吧，怪不得那么多人都说她教得好。

前段时间，妈妈给我考了考语文课外知识积累，几十道题几乎都做对了。现在想想，大多是从她的课上听来的。

她不仅擅长语文，英语也是信手拈来。每天家校本上的"给老师捎句话"，她用英语回复，有些我还要琢磨一会儿才反应过来。上一次美国俄勒冈州的校长来访，我当解说员，她带着我在学校里兜了一圈，满是难僻单词的文章，她过目之后，略带思考便改掉了好多难句，还纠正了我的发音。自此，我佩服得五体投地。

她自己也承认，当语文老师的时候我们都爱她入心，当班主任的时候都恨她入骨。也就是因为她的严加管教，我们班在跑操的时候整齐划一的步伐才会屡受表扬；也就是因为她对我们的严格要求，才使得班级午间音乐会人气高涨。

她上一届的学生说过，只想时间过得再慢一些，多听听她说的话。虽然我们三年后又将分别，但还是想让岁月停驻，多听她讲些什么，即便被骂也很带劲。

多年以后如果再遇见，我一定会轻轻地说："很高兴见到你，倪海娜老师。"

灵魂导师 07

　　人这一辈子，总会遇到影响你生命轨迹的人，他们给予你无限帮助，带你走过漫漫长夜，用爱与温暖照亮了整个星空。我何其有幸，在贡院遇见了这两位灵魂导师，他们就是我的精神领袖。

　　他们用实践诠释了为人师表，我想从事教育工作的梦想就从这里开始。我期待着将来也可以变成像他们一样的教育工作者。下文节选自2017年教师节我送上的祝福，谨以此献给许涛老师和费红亮老师。

许老师：

见信好。

我直到现在还记得，丙申年嘉月，初来杭高，也初见许校您。瓦墙古榭樱花正盛，您的声音特别清亮，带着我们慢慢在贡院里行走，哪处是叔同先生的办公楼，哪处是树人先生亲手栽下的樱花。当时就领会到了校歌里"长廊里/时光流转过百年/不变的季节在更替中变迁"的感觉。

感谢许校，感谢尚校，感谢命运，感谢相遇，高中三年能在杭高贡院度过，何其有幸。您说一辈子会遇到三个贵人，一是父母，他们给予我们生命，让我们得以来到这个世界，当时您俏皮地说第二个就是——您自己。的确，对我来说，您真的就是贵人。所有的提携与帮助，一点一滴我都记得。

阳光校园星主播的比赛，您教我们吐字发声，如何运气，如何诵读，如何征服观众与评委。那段时间您陪我们一起练习，严谨求实，近乎苛刻，但又时常鼓励安慰，赛前人人握手祝福，一张一弛间您的人格魅力尽现。一次您教我朗诵，我才知道自以为是读了这么多年的《将进酒》都白读了。"君不见高堂明镜悲白发，朝如青丝暮成雪。"印象太深，这句话的语调我现在依然能脱口而出。在这过程中学会了太多太多。每次主持朗诵时您也会来指导，我很珍惜每次机会，短短几句都是极为精湛的点评。

作文阅读，主持朗诵，演讲辩论，还有脱口而出的英语，您好像十项全能。每堂语文课前您总会传一圈好书推荐，信手拈来，出口成章，佩服您丰富的知识储备。上您的课永远不用看手表，有人文情怀的老师，牵涉生命关怀的课堂。您的视野、三观，都很深地影响了我。

有位杭高学生说过，您是杭高高层里最具有人文情怀的一位。不仅是上课，您更教会我们做人。教育工作者的职责在于，教天地人事，育生命之理。您和费老师是贯彻得最透彻的两位老师。

也许我只是您众多学生中普通的一个，生命里总会有许多过客，但您是我最不会忘记的那一个。

云山苍苍，江水泱泱，先生之风，山高水长。

您说过，这句话要送给最敬爱的老师，我把这句话送给您。

教师节快乐，祝您平安喜乐，阖家幸福！

2017年9月10日晚

费老师好:

　　见信好。

　　很早之前就想给您写这封信，去年教师节时我们刚开学，比较胆怯也没有适应新环境，本想递出的明信片未能成行。今天我真的很想给您写点什么。

　　一年的朝夕相处，三百多个日夜，您的睿智聪敏，负责细心打动了我们每一位同学，您的春风化雨、循循善诱让我意识到数学居然还可以这么学。每当您得意地在黑板上写下一道题的解法并感叹"多美啊，多漂亮"的时候，我都无比动容。数学真的很美，美在对称，美在统一，美在千变万化，美在万解同宗，也美在您的教导。

　　每节课前您总会跟我们聊聊您最近的生活与心得，时而俏皮，时而严肃，谈论过社会现象，也分享过少年经历，有时候还很自豪地说"嗨呀我又得了什么奖""嗨呀这些话你们可别说出去，我就跟你们说说"，课前闲聊是每节课除了听课以外我最享受的几分钟。我们课间休息时偶尔谈论起费老师的一些梗，都会会心一笑。

　　"人在做天在看，努力的孩子我最喜欢。"

　　"人嘛，最重要的就是开心。"

"不能辜负学生，不能辜负妻子，不能辜负孩子，只好辜负自己了。"

"集合里面别忘空集，换元后注意新元取值范围，直线不要忘记k存不存在……这些都是我的名言，你们都要记住啊！"

这么好的一位老师，您的名言我当然都记着。看着讲台上这位温柔儒雅的老师，我很相信您是真的爱学生，爱妻子，爱孩子。您是一位好老师，更是一位好丈夫、好父亲。潜移默化间，您不仅教会我们数学，还教会我们做人。教育教育，教书为一，而育人更甚。教天地人事，育生命之理。

有时候您会跟我们念念已毕业的学生给您写的信，说说自己随手写下的随笔，作为一名数学老师，您不仅理性冷静，还拥有杭高人独有的人文情怀。

您说当年保送浙大时差点去了物理系，幸好您去了数学系，不然我就错过了一位这么有人格魅力的老师啦。

叫您小费的有两种人，一种不知天高地厚，一种跟您关系特好，我愿意努力成为后者，成为您的骄傲。这不光是在文科成绩公布或者主持活动的时候，您说你看这是我七班的学生，更在数学上成为您的得意门生。多年以后可能您也会在某一节课的课前，说我给你们念一封学姐的信哦，她可优秀啦！

有时候您总是很忙，清早七点不到来校，夜晚天黑才离开，但还是希望您尽量多休息，好好照顾自己。

最后引用白居易先生的一首小诗送给您：

绿野堂开占物华，路人指道令公家。

令公桃李满天下，何用堂前更种花。

祝您教师节快乐，感恩有您，感谢相遇。祝您年年喜乐，岁岁平安，日日无忧，天天自在，三生有幸！在这样充满历史气息和人文情怀的杭高度过最美好的三年，感谢这样一所有费老师、有许校长等诸多杭高名师的学校。

此生无悔入杭高，来生还做杭高人。

2017年9月10日晚

追忆似水年华 08

　　保送生考试结果揭晓以后的那段时间，我每天都过得很悠闲。这一个月我捡起了之前丢弃很久的记日记的习惯，并郑重更名为"日纪"，即每日对生活的纪念。现撷取几篇与君共赏，若有不当，抑或上不了台面的，敬请包涵。

Diary May 12th.

　　本来想挑个齐整的日子开始记日记，但今天心血来潮，那就开始吧。谈谈前几天想记下来的几个片段。

风中狗吠

　　天气原本很好。但后来毫无征兆地下起了雨。天色一下子变暗了，大概上帝不小心手肘碰倒了墨水，水渍漫出来，铺平了蒙住了视野里的整片天，暗无天日，很绝望的样子。然后开始刮风，把窗子使劲关紧，可到底留出一条缝，风声更加凌厉。

窗户震了一下。门震了一下。

我震了两下。

雷很响很响，钻进了我的耳朵和身体，很无助。雷过之后，还是下着雨，不过没有之前那么凶猛了。狗在风中叫着，狂吠不止。突然想起了那句英语谚语Barking up the wrong tree。

风住，天晴了。云淡风轻，像什么都没有发生过。

背上假寐

跟妈妈交换睡前童年故事。

小时候的我很拧巴，有时候会做出一些奇怪的举动，但我心里一定是深思熟虑很久的。

每次经过家楼下的时候都会遇见门口的保安叔叔。从小家长和老师教育我们要懂礼貌，遇见认识的人要打招呼，我也知道一定要打招呼。

可是我害羞啊。

我想过低头装作没看见，快速冲过去，假装和阿婆说话说得很尽兴……总之，该想的都想到了。

可是我觉得这些都是骗人的，不真诚。

后来我让阿婆背我，靠在阿婆背上，一颠一颠，像在车上一样（我的技能是一坐车就睡，车停即醒）很快就睡着了。这样就可以冠冕堂皇地经过保安叔叔面前，真为我的机智而鼓掌。有几次我早点醒了，但也不敢睁开眼睛，听着周围人的声音，好像来自模糊而怅惘的远方。

保安叔叔一度以为我学习极为认真，而且善于利用时间，他的慈祥的目光注视着我。

现在想想，我把自己和书包都压在了阿婆瘦小的背上，压了一个童年，几千次路过保安叔叔的目光。

瞎谈立志

朋友圈里每天都有人发：今天开始拒绝微信。中考冲刺告别手机。以后有事电话联系，放弃QQ了。云云。

大多第二天就删掉，抑或悄悄地看看，留下浏览记录这条小尾巴。

我在想意志力这个东西。

　　每天都有人立下志向，但很少有人做到，所以成功的人不多。比别人多几天就好，在这几天里静心反思，把干扰源锁进柜子里，往墙上贴理想学校，在电脑前挂上便利贴提醒自己，很幼稚，但也很实用。慢慢地，不用外界因素的刺激，自己也会适应这种日子。

　　苦，但有奔头。

　　希望你也做到吧，21天以后它会改变你，一点点也是改变。

　　拼一拼，跑起来的时候，你会听见风声，闻到泥土味。

Diary May 13th.

公众号

　　今天创了一个微信公众号。妈妈说不能当主业，当兴趣吧。那好吧，当兴趣吧。每个人都在寻求社会认同感，渴望得到关注，渴望自己的东西被他人赏识。

　　做自己喜欢的事情，再辛苦也值得。我在车库里突然蹦出这句很矫情的话，不过细想还是挺有道理的哦。

　　不过也看过一些人，走错了方向，在不擅长的领域背道而驰，干得热火朝天却还没有醒悟。喜欢并擅长，可以干成大事；喜欢并不擅长，可以当消遣。再次一点的，不忍心说了。反省反省这条路适不适合自己，一猛子扎进水里捞珍珠也要先看看这是海还是河吧。

干自己喜欢而且擅长的，好幸福。

大热天

今天起床以后，人像晕袋（温州方言，即晕乎乎的感觉）一样，走在大马路上忍受着上帝炽热的目光，脸红了起来。妈妈很担心，问我是不是上火了，或是昨晚睡太迟精神不济。

我暗想，"early to bad and early to rise,makes a man healthy wealthy and nice"这谚语真有道理啊。

妈妈摸了摸我的衣服，吓了一跳。

"你怎么穿这么多！"

我也吓了一跳。

"我怎么穿这么多！"

不是上火就好。你是热傻了啊，同学！！

我也嘿嘿嘿嘿地傻笑着，钻进卫生间换了衣服，出来后觉得世界都明亮了。

干着错误的事，想着错误的原因，甘心于错误。有点傻乎乎。

好幸福

一天迟暮，外面的天色似曾相识。

想起来了。在瑞士，Lake Brienz那里的湖水也是这种颜色。

天，是水的颜色。所以才是水天一色吧。

我一脸陶醉，神游物外到了瑞士。有少女峰，山顶白雪未融，山路崎岖，有满目郁郁的草地和鲜花。风里也有湖水的味道，红色复古的蒸汽火车蜿蜒到了山顶。我们住在因特拉肯，根本不像宾馆，我们住在阁楼里，屋后全是花、山，还有草地。

莫名其妙地想起了顾城的诗，居然还真的应景。

我们站着

扶着自己的门窗

门很低

但太阳是明亮的

草在结它的种子

风在摇它的叶子

我们站着

不说话

就十分美好

好幸福啊，最近很爱说好幸福啊。看到街道，好幸福啊，好像在繁华的地方。闻到香味，能在Bakery工作，好幸福啊。看一个姐姐打榛果冰激凌，我在想以后我体验生活一定要选打冰激凌，好幸福啊。其实，做做饮料好像也不错。

想想，就好幸福。

Diary May 14th.

今天总觉得空落落的，原来是忘记写日记了！临睡前匆匆忙忙来补日常工作。洗完澡坐在床上，外面有动物的叫声和汽车鸣笛声，树在摇它的叶子。台灯光线暗黄，一片温存的景象。

初中和高中

看到一篇很有意思的文章。原文记不清了，列出了上海中高考作文的题目。上海市中考作文题目如下：不止一次，我努力尝试。高考作文题目如下：人的心中总有一些坚硬的东西，也有一些柔软的东西，如何对待它们，将关系到能否造就和谐的自我。请根据以上材料写一篇不少于800字的文章。

从中可见端倪。

初中我们很青涩，十五六岁满心透明和梦想，虎头虎脑以为努力了就一定会成功，我们有热血和汗水，奔走在跑道上洒落阳光和阴凉。

到了高中开始变样。十七八岁快要成人的年纪，褪去了青涩不安的躯壳，换来一副更成熟、更深沉的皮囊。所以看问题的目光会更冷静、更多面。既要坚硬，守底线、会坚持、有毅力和决心；也要存留一份柔软，有爱，有情感，不要荒芜自己的心境，看看远方的田野。这才是和谐的自我，不再是当年那个剃头挑子一头热的家伙。

思想要更独立、更完整，目光要更长远、更沉着。

这算成长吧？

溪鱼和安全带

深夜谈吃，太不人道了。

今天中午有一盘菜是溪鱼，这种做法可以追溯到妈妈小时候。好多好多小鱼一起下锅，黄酒、酱油、醋、白糖、牛油、水一起加，最好有一点点辣椒，一大盘，鲜香四溢，色泽鲜亮。这种自然的小鱼，味不用太重，只保留一点鲜味为上。那啥，"清水出芙蓉，天然去雕饰"嘛。（天哪，这比喻太奇怪了。）

就是油烟味很重。

我不会吐刺，这种小鱼的刺很细，也有些品种没有刺，所以我爱吃。

早饭吃了白鸽蛋，妈妈说这蛋表皮好滑，大抵是假的？！是不是鹌鹑蛋漂白了做的，我笑妈妈。鹌鹑蛋，一开始我并不知道是这几个字。小学午餐经常有鹌鹑蛋炒木耳。我问这是什么蛋呀，小朋友太小，话说不太利索，迷迷糊糊听成了"安全带"！暗想这种蛋的名字真有意思啊，吃了坐车就不用买保险了吧。

我就看着碎蛋壳傻笑了起来。

嘿嘿嘿嘿。

恍恍惚惚间像回到了童年。

Diary May 15th.

窗外在打雷。室内温度很舒服，雨声应景。

夏 天

雨骤至，原来夏天快到了啊。以前一篇随笔也写过，被批没有情感，考试考过《夏天的特别记忆》，当时脑子一抽写了馄饨。

再讲讲夏天的食物。

波浪车——

这个故事发生在很久以前，我的一个很有意思的姐姐 Redbean，她想吃糯玉米，温州话读作ba lang xiu（英文的元音 u），小朋友话还没讲清楚，说成了波浪车。

再讲糯玉米。我一直都不是很喜欢吃水果玉米，因为它很甜。但每个夏天我都会上楠溪江买糯玉米，玉米用板车装着。一座小山一样的玉米层层叠叠、挨挨挤挤，在小车上摇摇晃晃，车前的伯伯在夏日凶残的毒太阳下吃力地前行，汗流浃背，上气不接下气。那种阵势，不忍心不买。

真的很好吃。扔两三个进高压锅，煮出来的水都是甜的。在厨房狭小的空间里溢满了热气。拿出来用一根筷子戳着，极烫口但忍不住尝鲜。有糯米的味道，微黏，微甜。

干吃也可以，掰成颗粒做汤，也可以当早饭吃，加南瓜叶，适合喜欢清淡的食客。

很满足啊，温度飙到30℃以上，在空调房里吃烫嘴的糯玉米和大大的冰西瓜。

桃子——

不是个超大的奉化水蜜桃，不是放罐头里的黄桃，也不是天上的蟠桃，而是楠溪江山底下普普通通、味道有点淡的不大不小的桃子。

路边总会遇到很多桃园，桃子树比较矮，长得很可爱，卖桃的一般是中年妇女，戴着遮阳帽拉着板车在桃园门口一坐下就吆喝。

一般会拿小刀削一点果肉下来请顾客试吃，喜欢就买。小时候牙没长齐，牙口不是太好，太硬的肉咬不下来。可是那种质感，生脆清甜，别的桃不具备。我只能小心地啃，像小仓鼠躲在阴暗的小角落里双手捧着食物。

它的优点在于，不粘手。在削皮时总怕把水蜜桃捏扁了，削好拿着吃总是流下一手汁水，黏乎。楠溪江的桃很干净，很甜也解渴。

洗桃子时水上浮起一层绒毛，就在水面上漂漂荡荡。

蝌蚪

我家楼下的池塘里突然出现了无数的小蝌蚪。患密集恐惧症的我居然无感？

想让妈妈拿个瓶捞一些小蝌蚪带回家养，看看它们到底怎么长大，妈妈无情地拒绝了。

你想啊，要是它们长成了青蛙，晚上你睡觉，它们在房间里蹦跶蹦跶还呱呱呱……咦，瘆人。

这理由太苍白了。

那好，万一你把它们捞走了，小蝌蚪就找不到妈妈了！多可怜呀！

妈，那是动画片，我今年十六岁了。

可是你会把它们养死的，你还记得那两只小鸭子吗？

好吧。那我每天下来看看。

食 谱

早餐：黑豆浆+蛋炒饭+豆沙包+小樱桃

中餐：溪鱼+排骨+八棱瓜+蛋汤+米饭

晚餐：空心菜+黄鱼+山药番薯+土豆汤+米饭

对今天的菜表示很满意，清爽，通体舒畅。

Diary May 16th.

由 Half-truth 想到的

吹头发的时候莫名其妙地想到了这个话题。

以前做过一篇阅读理解，大意是某些时候你极有可能被事实误导。其实也确实有这个名词Half-truth。

举个例子。

Politicians will only raise more money to buy more half-truth ads to fool the least knowledgeable of voters.

政治家只会筹钱去做一些云里雾里的广告来愚弄选民。

类似的，某个州竞选州长，他们往往会举出大量关于自己州的经济增长率，调查人民的幸福指数，诸如此类。但，在天花乱坠背后，他们巧妙地避开了犯罪率上升的数据。

再比如，某牙膏广告，采访了十位"专家"，其中有九位都极力推荐。当然，看起来这个比例很高，但你可曾想过这九位所谓牙科专家都是他们公司的人？而另一位大概是广告商希望更逼真些故意做出来的效果。哦，倒很贴心呢。

他们并没有说假话。

可他们骗人啊！

那句话怎么说来着，透过现象看本质。现在这样的事例数不胜数。

网络泛滥的不真实

比如一些卖家经常通过网红的颜值＋身材＋光线＋后期神一样的修图师，把一件农村碎花风的衬衫硬生生营造出一种清新少女日系甜美还显瘦的画风。

知乎上有位大神说得好，如果你在详情里看到卖家只是一味地在秀自拍和美图，而对衣服本身的材质和面料一笔带过，甚至忽略的时候，这家店走的一定是上面的套路。

很完美地掉坑里了，是吧？当你在幻想穿上衣服的瞬间也能拥有模特的2米大长腿的时候。其实要有图上的效果也可以，以后出门往脸上安卡西欧，身上安Spring APP就好了。

所以有时候不要被那一系列光线梦幻、腰细腿长的图片打动了，排除掉一系列干扰因素，好好地看真正有品质的衣服吧。

很多时候我们很难再相信任何网络上的东西。再比如各种买房、租房APP，图片上的房子都装修得像样板房，租金却极低，可翻多了却发现不同小区、不同面积的房子居然"长"得一模一样？（也不排除任性的土豪多买了几套，有强迫症要装修得一样；也可能是一个大家庭里的兄妹约定好了，要联络感情保持默契。）

打电话问中介，中介见怪不怪地冷笑：你还信网上的图片啊，都是假的。

都是假的。

文明发展的时候必然会毁灭一些传统和品格，诚信和真挚都是其中的牺牲品。

可这是中华民族传承了5000年的文明啊。

没有文明作为精神支撑的民族，路走不远。

　　　　　病态的网络社交

我用了"病态"两个字。

以前我们总嘲笑一夜成名，可现在某个话题、某个段子、某个人总会因为各种机遇巧合，而以变态的速度在网上流传，然后走红。

可是这不持久。

比如"duang"，当时红得我们都想把它收进字典了，可它也以飞快的速度被遗忘。

再比如"良辰"，"他日良辰必有重谢"迅速蹦上了各话题榜的热门，可后来也销声匿迹了。

女警穿短裤警服自拍，仍存在争议，但有众多青年晒出警服自拍还美其名曰蹭个热度。

世界变化得太快了，才刚刚接受一个梗，又有成千上万的梗在你面前爆炸。要是不知道有时候甚至会产生一种"天哪，他们讲的是人话，为什么我就是听不懂"的感觉。

我觉得又有些东西流失掉了。

再举个例子。

朋友圈的链接。其实这个可以归到第一部分，但放在这里也OK啦。

"注意！××工厂爆出××超标，黑心商家！"

"深度好文，看完记得分享给你身边的人，每一次分享都是一种支持！"

"你还在为××而烦恼吗？××专家教你×招。"

如出一辙。回环往复。防不胜防。

闹心。

我们在向前走的时候，别忘了出发的目的和初心。

走得太快太急，会摔跟头。

Diary May 17th.

终于如愿以偿，捉到了十几条小蝌蚪带回家。

后来有点担心，搜了搜百度，好像捉回了癞蛤蟆种？家里存几天就放回吧。

爸爸这几天备考，天天在书房里学到天昏地暗，实在是折服于他的阵势。原来爸爸也会紧张啊。

以前我也有过困惑，课本里学的这些知识实用吗？这几年学习生涯可能对你以后的生活不会有太大的用处，毕竟不可能用微积分买菜吧，但存留的是一种学习的技能和精神。其实上一句话讲得也不全面，因为想到了一个特别的老师。老师讲物理绪论课，很有意思。

物理是什么？

庄子说过一句话，我觉得很好。"判天地之美，析万物之理。"

物理物理，就是事物的道理。

惭愧，居然没听过这句话。特意去查了查，诺贝尔奖得主汤川秀树把这两句话印在他的书的扉页上，作为现代物理的指导思想及最高美学原则。我当时还在想这位汤川秀树先生和东野笔下的汤川有没有关联呢。

真的，很美。物理原来也有哲学意味呢。

惭愧，然而王小波又说过：从艺术到科学到哲学，是一个返璞归真的过程。

大概生命也是这样一个过程吧。从审美到审质，原来还有更高一层。就是明白了道理却不说。聪明的糊涂人。

希望我的小蝌蚪可以变成青蛙。

Diary May 18th.

看来每天要选个合适的时间完成日记。几乎每次都是匆忙记下，忙得来不及回忆每天的生活。

午睡前

今天妈妈被我折腾得没法午睡。不知戳到了哪条调皮神经，我躺在床上吵吵闹闹地打搅妈妈。

吵死啦，快睡觉。

不要啦，可能这床叫调皮床，我一躺上去就会变得调皮哦。

那我怎么不调皮？？

你老了呀！

……

妈妈你想不想我教你隐身呀？

哟，还挺厉害。

妈妈隐身！（我捂住了自己的眼睛）看，你不见了！！

……

小男孩

今天去绿茵打球，太久没动，眼睁睁看着脸圆了起来。

正想回顾一下中考内容，瞎投几个球找找感觉，一直觉得背上不舒服。一个小男孩（应该是小学生）似笑非笑地看着我。居然被小学生嘲笑了！

姐姐，这球没气了。小男孩平静地说。

妈妈把球给他，说："那你能帮我们充一下气吗？"

小男孩拿了球就跑，充满了气又跑回来。

要不给你玩一会儿？

他也不扭捏，迈着没长开的腿跑走，只是技术真的不怎么样。

这个中考啊，也有考的，男生满分好像是20秒……

我开始普及常识，教一个四年级的孩子他五年后要面对的事情。

他愿意试试。

五十秒。他长出了一口气，呼——。不甘，质疑，倔强。像所有的小男生一样。

他投球命中率很低，我上去劝了几句，尽量找准那个点啦，投白框啦，他还是按照自己的方法。

"我砸你这个球框！看你进不进！"

哎。执着得傻乎乎的。

当中聊了聊他的生活，听说男生跑1000米，满分是三分四十秒时，他愣住了。

"我跑八百米要四分多啊。"

"没事的，以后你长开了就会好的。"

"可我是我们班第一啊。"

"哦，当我没说。"

他妈妈来了，他响亮地吼："妈妈——"

妈妈叫他回家。他又响亮地吼："姐姐再见——"

我摆了摆手，没过多久也回家了，带着一身汗。

Diary May 19th.

哲学家

表姐家的宝贝叫奥力。

晚上吃完饭到楼下闲逛，居然偶遇了奥力。

没有缘由地喜欢很小很小的小朋友。

他们是丰子恺笔下的天生的哲学家。没有经过教育的孩童。带着自己懵懂天真的眼光看世界。

可能他们不会说话，不理解世界上的许多事情，但他们还是有棱有角的。

前一秒号啕大哭，后一秒立马喜笑颜开。喜怒哀乐都在脸上，不会伪装也根本不善伪装。

奥力笑得特别可爱，两个酒窝很深，眼睛眯成一条缝，治愈能力满分。

他刚满周岁，撅着小屁股在地上爬，慢吞吞地站起来。听到音乐会扭动身子，会跟着姐姐的歌声拍手。

有着夏天的性情，恣意生活，热情似火，唱着永远不会褪色的歌谣。

"520"

商家为了赚钱和促销已经生搬硬套"创造"了很多令人匪夷所思的节日。（"520"谐音还能勉强接受，不过"双12"实在是太尴尬了，至今不明白它的用意在哪。）

顾客蜂拥而至，为了一指甲缝的优惠；商家摩拳擦掌，造势让利，线上线下一场混战。除此之外，也大概会有很多新人领证吧。

去年"双11"，报纸上报道了一位女士，从早晨7点出门逛遍了超市和各种餐厅，抱回了一大堆存货，浪费了24小时的光阴为了省一百来块钱，带着一脸满足感。

只希望生活少一点噱头，多一点单纯。少一点套路，多一点真诚。

八胀安

喜欢了很久的作家，她的每一本书我都翻过五六遍，因为网剧她被更多人知道。

有点舍不得，好像自己珍藏多年的宝贝被别人看了。宁愿知道她的人少一点。

总以为自己知道二熊的好，看到有些人很幼稚地在表达对二熊的喜欢，真难受。

截一点原作中的部分共勉。

◎突然有些心酸。我们都熬过了那段最苦的日子。后来就不在一起了。

◎苦难总会终结，坚强使人永存。坏日子总是会结束的。但是很多我们以为是最坏的日子，回头来看也许反而是最好的日子。

只是坏日子里面的苦难消磨了很多可贵的温柔，轻松的好日子来临时，我们却没有多余的勇气了。

◎当时的他是最好的他，后来的我是最好的我。

可是最好的我们之间，隔了一整个青春。

怎么奔跑也跨不过的青春，只好伸出手道别。

◎你知道，最令人难过的天气，其实是晴空万里。

Diary May 21th.

我不算大，十六岁。

也算大了，过了有资格享受"六一"的年纪。

可是现在还爱看绘本。

可能是一种情怀，也可能说得矫情些是找初心，不要荒芜了心境。保持孩童的视角和天真，在处事的时候往往会更干净利落。

最近在看Simon's Cat。

第一次翻开时很诧异，没有对白。可是情不自禁地还是会笑出来。

Simon有两只很调皮的猫。

大概它们身上没有猫的天性，不温和，不顺从。闹腾，恶作剧，偷吃，懒散，爱赖床。

可我一点都不讨厌它们。

做出各种恶作剧捣蛋，只是想多得到一点关怀啊。

你的小动物可能只是你世界中的一部分，但你却是它们全部的世界。你有生活有工作，码字敲键盘，可能对它们不耐烦，但它们只是想多一点认同感和关爱，这来自不由它们主宰的善意。

人与生俱来渴望社会认同感，何况小生灵。

封面上的噱头是"最佳喜剧奖""笨猫笑翻天，逗猫乐全球"。

看起来似乎很适合孩子，背后读到的却会随年龄的增加而日渐成熟丰盈。想不到合适的词去形容作者，暂且用中国的普世观和人文关怀吧。

丰子恺喜欢孩子，他说孩子是天生的哲学家。他也有猫，也爱画画，工作时会让猫顺从地趴在他的肩头。所以他过得平和从容，一个和和气气的老老头，看见你，笑着朝你摆摆手，再缓缓地踱步离开。

我想每个绘本作者都有一颗童心吧，可能成人之后迷惘过，好歹最后拾了回来。绘本其实面向所有年龄段的人，有的大人也不一定读得懂。比如《The Missing Piece》，红遍了大江南北的那本《失落的一角》。谢尔用了童真的方式讲述着人们在行走的过程中会遇到的矛盾。

放弃？还是继续行走？

是苦苦挣扎，还是索性丢弃？

是接受缺憾，还是尽力弥补？

说真的，几个小朋友看完以后哭了。

孩子，真的是天生的哲学家。

绘本作者太伟大了。用最简单的视角，展示着最复杂的故事。

可惜只有孩子看得懂。

当Teddy慢慢褪色，Fairyland不再有小仙女，而Peter Pan根本不存在的时候，你长大了。

在奔走的过程中你会慢慢成熟，可是也别忘记了在童年的记忆里还有一块净土值得你去守候。某年某月可能只是因为风和泥土的气味无可避免地勾起你的愁绪，重新翻开封皮老旧的绘本，就像翻开了年少时光一样。

停下来，偶尔回头看看。

小仙女在六岁不会褪色，心境在六岁还是一片葱茏。

想写这篇文章的契机源自杂志上的一篇文章。请允许我摘录下来：

　　成年人难以理解与他们不同类型的人，他们的理解力太有限了，要用来理解自己的工作、自己的圈子、自己的现实。他们不会交付过多的精力给虚无缥缈的东西，比如说，不会给予一艘平淡无奇的轮船以恒久的想象。同理，即使从未走出小城一步的孩子，很可能比走遍名山大川的成年人更能理解远方是什么。在每个看洗船的黄昏，在每个听着轮船汽笛声的夜晚，江边的孩子独自想象、独自回味。他们不觅知音，无须理解，像自学成才那样，建构了自己的远方。即使从未走出小城一步，也不会有逼仄的童年，因为日复一日对辽阔事物的想象，喂大了自己。

——陈思呈《对辽阔事物的想象》

　　因此，很多时候我都无比羡慕孩童的状态。他们是幸福的，但又不知道自己是幸福的。有时候甚至会为了一架小飞机，一只小甲虫或者是一颗在阳光下会反射出耀眼光芒的锡箔纸糖而忧愁。我梦寐以求的就是身在福中不知福。我们大多数人都不知道什么是幸福，纵使嘴上说着"我现在很幸福"，也是在经历了凄风苦雨后才学会了珍惜和感恩。

　　难怪丰子恺说孩子是天生的哲学家。他们最宝贵的就是处在生命的起点。我没有责怪世界的意思，但是这个世界确实打磨着每一个人的棱角。我向往的是自在和安宁，外面风雨交加，而这一片土地属于我自己，它永远显得无比温存。孟夏的阳光烧灼滚烫，杂货店门前的小土狗一声声吠个不停，眼前的景物变得虚无缥缈，但竹席上的婴儿粉粉嫩嫩，依旧安静地睡着，浅浅地呼吸。

Diary May 22th.

偶然发现的新技能

因为一款软件，偶然地触发了一个神奇的开关。

原来我竟然有这么神奇的技能。

很自然地，构图，调色，我尝试了各种各样的风格，兴奋地拿给爸爸妈妈看，也不管他们是不是安慰我，所幸得到了不错的评价，于是坚定了这样一个业余爱好。

可能不会像大师那样，拿着单反去参加各种各样的摄影培训班，每天不间断交流，不定时外出采风。

是啊，他们那叫摄影，我这叫拍照。技术不佳，偶然想起来了记录一下那些瞬间，顺意的，天定的。

写文章也是一样。

大师的叫作品，我的叫字，一堆的字。

就带着各种各样抑或有点天分抑或有点兴趣的爱好走在大马路上，有时候停下来看看。穿过河流和山谷，走进另一座家园，满目郁郁苍苍。

随手买到的畅销书

按平时的性格来说，我不太喜欢买畅销书。

看腰封上的文字就知道商家费了大劲在宣传："现象级全球畅销书""25国读者含泪推荐"，云云。

很浮躁啊。随手买本来看看，就遇见了《岛上书店》。

挺好玩的，阿米莉娅喜欢从来不会成为畅销书的《迟暮花开》，结果作者写了本畅销书。

读完以后，说不出太多的感觉。

平平淡淡的，很微妙。

不是很出彩的情节，但勾起了不可避免的奇怪的愁绪。

我想开家书店（在岛上也可以），有懂我的人来看看书。

No man is an island，entire of itself

every man is a piece of the continent，a part of the main

If a clod be washed away by the sea

Europe is the less

as well as if a promontory were

as well as if a manor of thy friend's or of thine own were

any man's death diminishes me

because I am involved in mankind

and

therefore

never send to know for whom the bells tolls

it tolls for thee

把一切归结于爱，显然太狭隘了。

我们正处在信仰失落的年代，而书为我们提供了一条出路。

角落里有几张纸，几天前抄的《古诗十九首》。

墨有点稀了，古人果然很有智慧。

等不到君，只好"弃捐勿复道，努力加餐饭！"

那些人，那些事 09
——记中日韩儿童童话交流活动

因缘际会，前世五百次回眸才换来今生一次擦肩而过。我们应该是回望多少眼才会度过这铭心的七天。

跟随着暑假的末班车，我踏上了前往中、日、韩儿童交流活动的路途。暑假，也算拉上了最后的帷幕。

这届活动的主办方是韩国，主题是"光"，中、日、韩三国共100名学生参加，加上志愿者老师200人。会场的冷气很足，人挨挨挤挤，空气中涌动着无限的活力和期待。

你是否还记得，在新罗之都，我们的初见

因为是初次见面，而且语言不通，彼此不熟悉，大家都很羞涩。尽管有翻译老师，但大家都很害羞，谁都没有开口。但是，在后来学习主题曲的舞蹈动作时，也许是天意，每个人旁边需要配合的人都不是本国人。很快，我就和韩国女孩soobin熟络了起来，她的英语很好，而且很会鼓励别人。第一次听她名字音译的时候，新疆的男孩听成了酥饼，我们都大笑。她有些疑惑，我只好解释酥饼就是Crispy Cakes。她害羞地笑笑，脾气真好。

我们就在兴奋与惊奇中度过了第一天。被窝很暖和，沉沉地入睡。

你是否还记得，在看秀时，你为我披的那件外套

秀场空调很冷，我没有带外套，身上起了鸡皮疙瘩，我不停地打哆嗦，旁边一个特别漂亮的韩国女孩见了，递给我一件外套。我开始还不明白，问为什么。她微微一笑，"It's for you, maybe you feel cold."我有点懵，在感到无助和寒冷时，在异国他乡，竟然是一位年龄比我小的韩国女孩帮助了我。有点感动，幸

好周围很黑，灯光暗真好，眼角有点湿了。我哽咽着说谢谢，她轻轻地笑了。

你是否还记得，在首尔，我们同心画出美好

大家都跃跃欲试，感到新奇。我们组的指导老师是一位女老师，她出的几本书正好在松坡图书馆里。她让我们手牵手，感受自己对光的第一印象。冥冥中思索不发一语，但好像得到对方的鼓励和蕴含的灵感。当时很静，但睁开眼睛之后，几乎都能体会到王维之意了。

很快，大家就画好了底稿。让人意料不到的是，画家老师把作品一一排序后，故事情节竟出奇得吻合，像一个人创作的。

你是否还记得，在酒店礼堂，我们向大家阐述梦想

每个人都神采奕奕。

"我们创作的故事的名字叫《心光》。每个人都需要光，光带给我们希望，没有光时，心就变得黑暗。有时候我会觉得光只照着别人，却没照到自己，那种感觉好难受。满世界都是黑云和大雨，但每

段人生都会有雨季，风雨过后，终是晴天，感觉好舒服。月华之下，我们好幸福。我们有明天，阳光笼罩着我们的明天！"

我们讲完后，台下掌声雷动。

你是否还记得，在花园，我们挥泪作别

大家的脸上都少了那份光彩。在上海待了六年的韩国朋友金秀旼用中文笑着对我说："我们会再见的！"我们第三组的领队老师南宫延也对我挥挥手，"Good Luck！"大家都互留了名片，在印有三国文字的三件文化衫上签了名字。那天阳光照在大家的脸上，很模糊，在我的记忆里却很清晰。

大巴还是启动了。直到大巴转过长长的街角，直到道别的声音隐没，我们才回头。身后亲切的一切都模糊了，因为距离，也因为泪水。

活动已经结束好久了，但在韩国的每一天，我都记得很清楚。我们相约，以后都作为老校友参加活动。

若那时能相见便好。

无论走多远，乡间田垄，屋顶炊烟，都是羁旅游子心头不灭的慰藉。

温州手记 10

夏日蝉鸣蛙声起，小巷里逼仄潮湿，空气里是旧时光的气味。青苔沉默自持，在青石板路上的石缝里安静地生长。打开老旧的木窗，浮尘在光阴中上下飞舞。

吱呀一声，门开了。我随着长辈的脚步，就这样，走进20世纪的老温州。

馄饨担子

隆冬深夜，巷子深处传来"哪、哪"的敲打声。有人骑着三轮，在车头顶个大竹筒，用木棍儿敲着。担子一头燃着柴火，一头荡着热汤。饿了，开窗叫一碗，那人就打开灶，加上水，数着十来个馄饨放下，肉末烫熟以后，加上蛋皮、紫菜和榨菜。

冬日冷，懒得下来，可以用竹篮吊上来一碗馄饨（跟打井水似的吊馄饨），蒸汽在空中晃晃悠悠地飘来荡去，隐入无垠而广博的夜色里。捧在手中的馄饨，蕴藏着一整个暖冬的温度。

馄饨碗里的浇头也很好看。蛋丝黄、虾米红、紫菜乌、小葱绿。尝上一口，唇齿留香。那种小小的欢欣和满足感就像儿时隔壁邻居那位幼稚的小孩，欢欣和满足在身体里跑呀跑呀，跑得嘴角都带起了风。

离开故土出门求学，再也没吃到过这样的馄饨，光是馄饨皮就厚得让人砸筷子。

儿时住在瓯江另一畔，还有些许"哪、哪"的敲打声。如今，木棍儿的敲打声已渐行渐远，一如那人挑着担子，孤寂的背影从此是永永远远地消失在巷尾了。

冬夜乱弹

夜晚星月初上时，戏台前已摆满各家的竹凳子。小孩子向大人要两分钱买根油条，再花一分钱买一小段甘蔗，兜里还揣着母亲炒熟的黄豆和蚕豆。灵光的孩子搬一把小板凳在人群中挤挤挨挨，抢到前排上帝视角的位置就足够兴奋一整晚。温州永嘉村庄里，有半职业的班子。农忙只管下田务农，农闲就组班做戏，方言都叫他们"三月班"。

随口问爸爸都唱些什么戏，爸爸皱眉回忆了半天，笑笑："其实说来说去不过是《狸猫换太子》《十二贯》，老掉牙的曲目了，可是听百回也不厌的。"具体唱些什么，孩子们无心领会，只是记得那股热闹劲儿，那种人类最原始的情感。小孩骑在父亲宽实的肩上，或在人缝中钻来钻去，虽然看不到什么好戏，但一年少有的喧腾和热闹，已让知足的农人们常乐了。

乱弹已更名为瓯剧。昆腔、高调也都减少，更有许多班社一一解散。乱弹，真乱了。

尝新米饭

第一季稻谷成熟以后，大家赶忙把米浸好、炊熟。在米饭里放些肉末、青菜、豆腐。条件好一点的还会加上鸡蛋和香菇。这时候，请来亲朋好友，一大家子人围坐在深红色的八仙桌四周，讲些零碎，聊天说地，不管家长里短，光侃天南海北。

大人们闲谈之际，小伙伴们就端着家里带来的小碗，去饭桌上夹些酱萝卜一类的小菜。捧着香喷喷的新米饭，个个快乐得露出一嘴的糯米牙。

正因为那时物质匮乏，才很容易满足。

　　城市里哪家温州人还尝新米饭，稻谷第一季何时成熟大概都已经淡忘。即使怀念，也只能跑到山底，看一看第一季稻谷踟蹰孤单的样子。

　　梦醒时分，窗外万籁俱寂。

　　抽离了老温州的记忆，我的房间和灵魂都显得空空荡荡。

清和云岚 11

四月最残忍，
从死亡的泥土里开出丁香。

——艾略特

在万物生灵睁开睡眼的时节，沿着盘山公路而上。山路颠簸，摇摇晃晃地像是躺在了外婆的小船里。四周环绕着绿树，满目新绿，生机盎然。妈妈怀孕时外出踏青，看到此等山景，定下了我最初的名字绿唱——踏着一片绿意，唱着悦耳的曲调，做着泥土味的梦，善待眼前的世界，走进诗和远方。

到了自然的腹地，惶惶然失去了一切辞藻，由衷地留下一句苍苍白白的"哇，好美"。生命之初建立在自然之上，返璞归真之后反倒不屑用矫揉造作的语言生硬地描述。

眼前只有满山杜鹃，满场麦苗，满目梧桐或紫或白地挺立在山谷边。

"到啦，下车吧。"迷迷糊糊地醒来，原来今天计划要去爬山。

刚进门口，五六个奶奶级的妇女团团围了过来，招揽声此起彼伏。

"麦饼，好吃呢好吃！菜干和咸菜要哪种？"

"买几瓶水吧，爬山会渴的，肯定的。"

"土豆来一份不，刚炒的，热乎，好吃！"

寂静的空气因为她们异常活跃，过分的热情让人无法招架。我只能尴尬地报以歉疚的微笑，逃也似的进山。天气阴冷，远处的山岭还罩在云雾里，看不清前方的小径，瀑布飞流直下没有三千尺，但也留下强壮有力的水声，不辞辛苦地冲刷着顽石。站在山麓平稳地朝山顶发声，据说可以清肺。"啊——"却像石头落进了寂静无波的水面。

中午在白泉吃饭，一直都很喜欢的农家乐，只是很久没有光顾了。老板是个瘦瘦高高的男人，店面不大，倒也干净整洁。他坐在门口的矮凳上，低着头，剥去叫不出名字的饼干纸外壳，缓缓地嚼着。

爸爸跟他点了点头，他也点头致意，转身带我们点菜。必点的溪滩鱼、猪口舌、猪肠、猪血，还有秋风似（一种野味蔬菜）和马铃薯、豌豆芽。清清淡淡的家常菜，他总会做出不一样的风味。

已经中午十二点，又逢周末，按理说应该是最热闹的时刻，店内却空空荡荡。我小心地问了一句："今天人怎么这么少啊？"老板娘低头择菜，闻声应了句："年轻人都不喜欢来乡下咯。"老板忙于炒菜没有应声，煤气炉的声音吱吱作响，仿佛店里还是热火朝天。我顿时一片清明，胸口略闷，小心地嚼着饭。还是熟悉的配方，溪鱼肉质肥美，猪舌荤味浓重，我还是固执地只吃马铃薯咸脆的外皮，嚼多了略显酸涩。

老板又炒了三盘菜端给门口坐着的老人。老人应该是常客吧，心下略感宽慰，结果三人竟坐在了一桌吃饭。啊，是一家人啊。笑自己想法太多太古怪，毫无来由地牵挂另一个世界。

下山了。

回程时顺带买了几篮牛奶草莓，香气在车里散逸开来。我伴着奶香又睡了过去。

朦朦胧胧地似乎听见经过的汽车纷纷停在了那家农家乐的门口，招呼着："老板，有什么好吃的本地菜？"

花开了 12

秋天的时候，桂花开了。急匆匆跑到碧莲看阿太做桂花露。

阿太年纪很大了，老伴也早已去世，她孤身一人住在碧莲的老房子里，门前的小院里栽着一棵好大的桂花树。风一大，花就纷纷扬扬地落下来，铺满了小院。

桂花在秋天的时候盛放，香得不浓。走在街上，自然地就能闻到味道，深吸一口气。淡淡的，带些羞涩的桂香直吸进心里。

秋天是阿太要做桂花露的季节。

从桂花花开开始做，一直做到桂花谢。

桂花是要细心拣的，拣好后要除去花托、花梗和杂叶。我和阿太一人手里一个竹篮子，到阿太小院里的桂树上采花。趁着阳光晴好，就着凉风赶紧摘。若是来了风雨，花被打落在土里，香味是差得远的。

采完桂花，包在小布袋里，用海盐腌制，再添一点阿太的梅子酱。听说秦淮八艳里的小宛也是如此做的。这约摸是阿太用的古法吧。最后完成的桂花露，阿太用玻璃瓶子装，再套一个深蓝色的碎花布袋，末了打一个很好看的结。

阿太的桂花露，晶莹剔透，桂花甜腻，回味又是清爽的。她的桂花露，有着最纯正的秋意，以及一个季节的耐心和等待。这些糖露用心的味道，都隐匿在了栽有桂树的小院里。

桂花开的时候还是暑期，天气有点闷。我和阿太各搬一张竹椅坐在小院里乘凉。阿太手里拿一把蒲扇微微摇着，扇起一点点风。到黄昏吃好饭了，她给我摸一把蚕豆。我边吃边听她讲故事，说的是吴刚伐桂。

"好些日子以前，有一个叫吴刚的后生。犯了道规被罚到月亮上砍桂树。这树是怎么砍也砍不倒的咯……"

待阿太讲好故事，天上已有了一道淡淡的月影。桂树微微摆着，摇出平静的唰唰声。阿太不说话了。我有些困了，也不说话。

又是桂花开的季节。

阿太离去了。听大人们说，阿太是安安静静地离开的。记忆里的深海，画面还很清晰。阿太挎着小竹篮站在小院里，微微仰着头，细细拣着桂花。

碧莲的老房子里，只剩一棵桂花树。

花开了，开得很凶。

这花香，飘进了前后十几户人家。

不忘匠心 13

木爷爷虽与我不是亲戚，可小时候，毫无来由地，我跟他走得比亲人还近。

木爷爷是个木匠，在镇上有一间小小的铺子。他总守着那一堆木头，我就叫他木爷爷。

巷子不过几十米，木爷爷却把他的铺子往里迁了又迁。别人都把店堂改了又改，直至明亮又宽敞，他却不然。

儿时住的，是江南最普通的小镇。永嘉的村庄里，最朴素的白墙黑瓦，总是安安静静，慵懒地像夏日的午后。木爷爷不爱巷口繁华的店堂，又把铺子往里迁了迁，离那个聒噪的世界更远了。

木爷爷不像其他老人，聚在一起下棋打牌，谈天说地。他总是待在那间简陋的铺子里，做着木工，一言不发。他看见我，总是笑一笑，朝我招招手："嗨，来啦。"话不多，却让我心里很暖和。木爷爷脸上的皱纹很深，就像木头上的纹路一样的红铜色，有着木头一样的坚毅。

木爷爷的铺子简单、清静。唯一的电器就是那台老旧的电扇，一转就咿呀响。爷爷总是不换，拍拍我的肩膀说："不急着换，还能用。"铺子的地上堆着木头，工具三三两两地散落着，却不感觉到乱。这不怎么宽敞的一方天地，就是木爷爷生活的全部。妈妈叫我别老去打扰木爷爷，他便平和地一笑，只摆摆手："让姆多看看，也好。"

木爷爷做工时，我常跑去看。他总戴着已经磨损得很厉害的老花眼镜，微微皱着眉，仔细地用刨子刨平木料的表面，使木头变得光滑。我总在木爷爷未刨完时就嚷嚷："平啦平啦，爷爷！"木爷爷擦擦汗，摸了摸木头："姆，还糙着呢。再等等吧。"木爷爷总是很有耐心，我佩服他的耐性。小时候急躁的我，竟然在木爷爷的熏陶下，慢慢改掉了这种性格。

木爷爷刚做完工，刨花散了满地。铺子里原木的清香让我有些迷醉。刨花很软，很薄，卷成一团。木爷爷说，刨花用热水浸泡以后，还会渗出些黏稠的液体，灌入刨花缸，用小毛刷搽在头发上，还能让头发散发出淡香。我便忙不迭地就着刨花揉揉我的头发，深吸一口气，仿佛已经闻到了那股淡香。看着木爷爷坐在小木凳上静静地抽着手卷的旱烟，让人觉得温暖、踏实。木爷爷让我爱上了原始的世界。

　　木爷爷常讲些老永嘉的故事，目光炯炯，声如洪钟。他最爱讲民间的传说。

　　"姆，阿爷给你讲《孝子得宝》。"我就搬把小木凳坐在木爷爷旁边，听木爷爷用永嘉方言讲故事。

　　"不知是哪朝哪代，温州府永嘉县城郊有个后生，叫陈贡鲤，赚了很多钱，但是冷落了他父亲。贡鲤心中愧疚，有次外出给父亲带了鸡汤面，却因时间太久，变质了。父亲让他倒在水塘里给鱼吃，引来了一条扁担宽的千年大娱蛤。结果被采宝客瞧见，以黄金万两捉去，留下两颗娱蛤的夜明珠送给贡鲤。"

　　"爷爷，那条大娱蛤什么样啊？"木爷爷拿着蒲扇摇了摇："谁也没见过呢。阿姆，要孝顺你阿爸阿妈，晓得吗？"

　　"嗯。"木爷爷笑了，摸摸我的头。

　　都是小时候的记忆了。

　　他是我人生中的一位启蒙者。只有不忘匠心的人，才能用心做工，坚守祖上的技艺。木爷爷的这颗匠心，也让我更认真地对待每一件事情。不管是对生活、阅读，还是生命。匠人精神不只是一种文化符号，更是一种生命的姿态和生活的高度。近年来总在传扬工匠精神，可事实上真正坚守下来的匠人又有多少呢？生活的压力和时代的逼迫，已经让他们不得不屈服于现实。他们太慢，时代太快。一旦落伍就再也追赶不及了。

　　木爷爷走的那一天非常寻常，提着一只木箱，箱子里大概就是他全部的家当。孩子们自觉地列成一队跟在他身后，小心翼翼，亦步亦趋，脸上肃穆的神情就像是在进行一场仪式。

　　他走后，很快有新的商家入驻，大张旗鼓地装修，店堂焕然一新，就好像这里一直是这么繁荣光亮。

那个年代 14

潘女士依旧挽住郑先生的胳膊，从风华正茂一起走进白发苍苍。

郑先生是我爷爷，同乡第一个有了工作单位。

潘女士是我奶奶，同乡第一个考上师范院校。

爷爷祖辈学医，家境殷实。看爷爷现在的长相也知道，年轻的时候肯定很帅气。

按理说，爷爷也应当娶某位千金小姐，门当户对才符合那个年代人们根深蒂固的思想。可也正是因为那个年代受过高等教育的人不多，爷爷的父亲因此特别喜欢读书人。

经人介绍，爷爷认识了奶奶。爷爷说，他第一次去师范学校找奶奶时，看见她正在写字。奶奶见他进来，忙请他坐。当时的奶奶身材高挑，短发齐肩，容貌素净。爷爷一眼就喜欢上了。

给爷爷提亲的人很多，爷爷只说：还没，再等等看。

再等等看，是因为爷爷心里装着奶奶。

当时，他们一个在单位，一个在学校，爷爷主动写信给奶奶。他写得一手好字，信的内容没有情意绵绵你侬我侬，无非就是几句简单的问候。奶奶也按时回信，信的内容依旧简简单单。

就是每周的一封信，让两人的心中都有了一份念想，一份期待。

奶奶近几年来身子骨越来越弱，不复曾经高挑的身材。爷爷每天早晨准点起床，把奶奶的药一一拿出，摆上一杯温开水。

那次，爷爷报了五天的旅行团去大连，奶奶身体不好，没有同行。我去看奶奶的时候，奶奶还总念叨着，不知道爷爷吃得习不习惯，行李拿不拿得动，旅行团里就数他最年长了，让他别去吧他非不听……

话虽埋怨，可温情这种东西，捂住嘴巴也能从眼睛里跑出来。

爷爷回来以后，把五天拍的照片都洗出来，一张一张讲给奶奶听。奶奶眼里是满满的笑意。

时光淙淙而过，静静地流淌了这么多年。

我还是记得那天下午，两个年过古稀的老人坐在沙发上你一言我一语地谈笑着。

他们就是，那个年代。

爸 爸 15

吃完饭，爸爸和妈妈闹了一点小矛盾。妈妈气极，使出了撒手锏，咚咚咚跑进房间拿出了爸妈高中时候的毕业照，"啪"一下拍在桌子上。

以往，妈妈每次被爸爸惹恼，总爱拿他高中时的模样说事，爸爸就用眼神示弱，示意妈妈别再说下去。今天，妈妈算是放大招了。

今天气氛有点严肃，餐桌上的灯也因故障而显得昏黄。

"说吧，哪个是我哪个是他。"

我一眼就认出了妈妈，白白净净身材高挑。可爸爸还是认不出。我刚想指一个，爸爸就急急地叫停，说这是正经事，爹不能乱认！我看到角落里，老师旁边有一个小孩，戴一副圆框眼镜，特别可爱。我顺口说了一句，你们老师的孩子真可爱。

爸爸用一种近乎悲戚的眼神看着我。

你也猜到啦，这个高中毕业时一米五八的男孩，早就逆袭到一米七三成为高大的我爹了！

其实吧，我很少叫他爸爸，一般都直呼其名，生气了就喊温州话"阿原"。爸爸每次都很气，可最终还是乐意地应了下来。

爸爸不会干的事多着呢。他不会做菜，唯一会做的就是饭。在普通的炒饭里添上七七八八的配料，味道却也不错。他每次饭做得都很少，他笑说，大厨都这样，限量才珍贵。爸爸每次都会问是不是比妈妈做得好，我犹豫一会，还是坚定地摇摇头。爸爸便起身默默端着饭碗，挪到阳台上去吃。我至今记得，那天，他做的是很普通的酱油拌饭。

但是，真心好吃。我后悔得直咬舌头。

妈妈总说，爸爸是智商高情商低。也对，当时他们高考数学满分120，他考了118，原因是写错了两个字。但他在教我做题时特别凶，语气也又凶又高傲，"这我不是讲过了吗！"有时候他因为性子急想得快，也会错，我发现他错的时候特别兴奋。

爸爸发现自己想错了，就嘿嘿地笑。

嘿嘿，嘿嘿。我看着爸爸也笑了。奇怪，每次看到他笑就不想跟他争了。

小时候，周围的大人们喜欢问我这样一个问题：你觉得爸爸好还是妈妈好？

　　我就笑嘻嘻地说，小事爸爸好，大事妈妈好。

　　爸爸总会满足我许多小小的奇奇怪怪的要求。一定要原味的薯片，黑白的微单要套上牛皮壳，小牛排味儿的咸饼干，不加薄荷的杏仁腐。他甚至会带我从城市的西边跨到东边，只为打卡一家不太有名的小店，两个人坐着，大眼瞪小眼，异口同声：真不好吃呀。

　　这些微不足道的细节总会在细水长流间一点点充盈我的心，大多数时候它们会躺在某个角落，但每每想起，嘴角总会扬起一个不易察觉的弧度。正是这些沉默无言的小满足，构筑起了一个坚毅沉稳而可靠的父亲的形象，爸爸的背影，总让我安心。

　　爸爸就是这样一个人。

　　他是我小小世界里的一束光。

　　我爸呀，全世界最好，我特喜欢他。

在路上 16

年尾迫近，要过年了。

飞驰在前往老屋的路上，心心念念着待会儿就可以见到憧憬了一年的光景了。道路两旁的香樟在清早的风中摇荡出平静而又不失欢欣的唰唰声。奶奶说过，香樟是幸福树，寓意吉祥如意，也应了过年的光景。

沿盘山公路一圈圈迂回向上，奔向老屋。

村前的小店师傅正在做蒸糕，微冷的空气里冒着腾腾上升的热气，和着热火朝天的蒸汽声。看着师傅带着愉快的笑容，娴熟地用模具在长方块糖糕上印上吉祥的图案，心里更安定了些。临时搭建的店铺用的是红色的棚，更添喜庆。年前这几天，不事农耕，家家户户都安心享乐。

远远地，奶奶家的小孩子朝我奔来。他穿着火红的新衣，快趋近时却又偷偷往地上甩了几个小鞭炮，吓我一跳，他却狡黠地跑开了。他们总是恣意地生活，哭笑任我，来去自由。往后戏班子来的几天他们也四处穿梭，永远年轻有活力。我已经结束了那段旅程，看着还在那个光阴的角落生活的他们，真好啊。

市场还开着，匆忙进去备制年货，也不管多少，通通把沾喜色的收入囊中。砂糖橘颜色鲜亮，讨了好彩头。还有酒菜糖瓜子，传统年货一样都不能少。提着满满当当的物件，心里也鼓鼓囊囊地充满暖意，想着离家更近了。

远远地看见红纸砚台，姑父朝我招招手。不管行列是否整齐，对仗也不甚工整，一笔一画地写下对新年最美好的祝愿——赤猴踯躅，留福气千里；锦犬腾飞，送春风满门。横批曰，天下同喜。贴在老屋门上，年味，好像更浓了一些。

迈进院子，几张酒红的八仙桌已整齐地摆好，桌上不随岁月变迁的依旧是大红的高脚碗。传统的瓯菜也是原来的味道。几道冷盘都有其独特的寓意。榨菜绿皮雪心，寓一片丹心；酱油肉晒在冬日暖阳里，喻来年红红火火；带鱼长寿，而虾为有头有尾。

奶奶看见我们，热情地招招手。

"回来啦，回来了就好。"

终于放下了心。

是啊，回家了。原来年间最令人动心的不是吃团圆饭时的热火朝天，而是奔赴在路上，满脑子都是很快就要看见熟悉的家人的那种漫溢出来的期待。

新年的第一声爆竹响起，随即从四面八方接踵而至，不绝于耳。

我，回来了。我用力地呼吸，想把所有这片生我养我的土地都藏进最好的记忆深海里。

回乡偶书 17

2017年1月26日。

8:29的动车。

G7625。

杭州东到温州南。

五点半到六点半

　　昨晚定好了时间，清早六点的Morning Call，晨光熹微的时刻大脑已经清醒，翻来覆去，还吵醒了妈妈。

　　和妈妈有一搭没一搭地乱侃。

　　"妈妈，你起来看一下现在几点？"

　　"不去不去，冷。"

　　"去嘛去嘛，让你的小宝贝开心一下嘛。我开心了你就开心了是不是呀。"

　　"我很准的，大概五点。"

"噫，瞎说。"

妈妈无奈地摸出手机，明亮的屏幕光线让处于黑暗环境下的眼睛一时难以适应。

"妇人啊妇人，毒。"

"呵呵呵。"

"不过妈妈的生物钟怎么那么准。可能早上鸡叫是一个时刻，晨风吹过窗户是一个时刻，楼下磨剪子嘞——磨剪刀，卖蟑螂药、老鼠药的吆喝声也是一个时刻，隔壁人家婴儿的啼哭也是一个时刻，再比如猪叫啦，狗叫啦，羊叫啦也是一个时刻，对吧？"

"同学，你住在动物园里吗？"

"别打岔。真的，这时候的天色也是一个时刻。你看，五点二十九分的天是这样的。"我认真地看着外面的世界。

"给你唱首歌啊。"妈妈突然转过来。

"就在半梦半醒之间

我们忘了还有明天

忘了保留一点时间

好让这种感觉永远。"

"妈妈，我好兴奋啊。今天可以回家。这比小时候去春游后回来开运动会还要兴奋。"

失眠的人脑子里住了个剧场，要回家的我做梦做了一整晚。记得之前写过一篇文章《在归家路上》，我想，半梦半醒之间期待回乡而又未启程的时刻的憧憬和希冀是最美的。

六点半到七点半

磨磨蹭蹭地刷牙洗脸，整理整理要带回家的东西，然后前往武林广场。

地铁上，一位单身女乘客带着大包小包的行李，上地铁时异常艰难，听到一声细细的尖叫，滴滴警示声以后总算挤上了车。她惊魂未定，松了一口气，看看四周尴尬地笑笑，找了个位置坐下。铃声响了。

"妈，今天回来。"

她轻松地笑着说。

七点半到八点半

杭州东站下车，在最近的地铁口出站，走过来时走过无数遍的路。等的过程中随手拍了张照片。放眼望去都是带着大包小包的旅客，都是要回家的人吧。

检票，上车，坐定。我开始沉淀思绪。

一切都很熟悉，一切也都很陌生。

江滨路上的树还是绿的，楼下的河水还很清。

歌德说过，理论是灰色的，而生命之树常青。

中午见了老友，一起互怼一起谈天，和以前不大一样，也和以前没多大分别。

下午看了电影，晚上去外婆家吃饭。

爸爸问要不要来接，自信地回，我肯定会走的。

完美地避开了株柏公寓。

站在冷风里等了会，自嘲地笑笑。才离开没多久吧，路都认不得了。

下午趁着阳光晴好在阳台上摆弄摆弄花草，拍拍照。

太久没有侍候这些小东西，都落了灰。

发到朋友圈的时候想了半天配文，还是决定附上"归属感"三个字。

对，就是归属感。就算在异乡如鱼得水，但还是脱不开的由心而生的如同盛夏烈日一样的强烈的归属感。

明天就是除夕啦。明天见——

要过年啦！！！

来杭小记 18

太久没有动笔，也太久没有享受这样闲暇的时光了。在重负下愧疚地偷点时光。

刚考完期中考，教室里还亮着灯，同学们在自习。我请了假，像一个幼儿园逃离午睡的小朋友，坏笑着靠在床上。窗户打开，冷风倒灌进来，中河高架上一辆又一辆步履匆匆的汽车驶过，灯火在黑暗的夜色里影影绰绰，看不清这座城夜晚的面目。

适应

日历翻页，已近十一月中旬。

来杭州也两个多月了。

没有像初一每天回家呆呆坐着，看起来像是一切都已步入正轨，其实都是把痛苦和不适应留在心里，淹没在纸笔习题中了。

环境，师生，习惯，方言。我像一条本来不会和这座城市接轨的直线，突然绕了个弯，突兀地和这座城有了一个交点。

怎么样才算是融入呢？

初中三年，过得太幸福，也太浮躁。考前仔细翻翻书做做题，分数也都过得去，平日里每天回家做完作业就是读书看报，写写广播稿，练练演讲和辩论。如鱼得水，有野心，也有资本。

但现在不一样。重重云雾下的西湖揭开了她的面纱，真相往往残忍，因为直击心灵。

毕竟每个人都不一样，但也都一样。最可怕的不是辣鸡，而是要强却没有资本，实力配不上野心。

也确实，节奏松散，还活在前六个月的散漫里无法自拔。

结果差，也是应该的。

认识了很多优秀的同学、学姐和学长。他们也指引着我，一点一点向自己的远方靠近，成为我的动力。

周周说，我要变厉害！

对，我就是要变厉害，变得足够足够厉害，保护每一个我想保护的人。

怀旧

说来也怪，我在这世上才待了十六年，却活得像个乡下七老八十的老太太，动不动就怀旧。

　　还是喜欢以前的日子。妈妈记忆里栩栩如生的日子。

　　像天色一样的生活，像水声一样的姿态。压力有，条件也艰苦，但总归是生活，总归有奔头。热情，包容，永不褪色，永远是夏天。

　　我们的步伐被生活节奏不断推动着向前，也只能偶尔翻出来晾晒晾晒记忆的底片，聊以慰藉。

　　晚安。致杭州。

让心境不再粗糙、荒芜下去的一个办法就是自己构建一个精神家园，文字和影片就是我的秘密花园。

向生而死 19
——致敬太行山下的没眼人

没有欲望和遮掩的快乐，是真正的快乐；能坦然活着和死去的自由，是真正的自由。

——田青

亚妮站在太行山上，一束红光从天而降，端端正正地笼罩住她。

没眼人不是凡胎，明神意，这是护佑她走过十年逢凶化吉的光。苦难的，恣意的，淋漓尽致的自由的光。

我不知道是什么支撑着这个杭州女人——浙江卫视的当红花旦，在事业的春天急流勇退，消失在公众的视线里。孤身一人，倾其所有，太行山下十年的守护与陪伴，只为那一群从没有人关怀的没眼人。

她说拍他们的电影，写他们的故事，不是为了博取公众的同情与可怜，而是想让人们感受这群人在他们的世界里自由快乐的状态，而现代人已经远离这样的状态太久了。

信息爆炸的时代，我们似乎无所适从。这是一个信仰失落的时代，也许因为信仰太多，也许早就遗忘了信仰。

没眼人就是我们所谓盲人，但太行人管他们叫没眼人。他们看不见太阳和月亮，上帝关上了他们的窗。传说"二战"期间他们是为抗战服务的队，光阴流转，他们如今仍保持着抗战时期的编制和纪律，训练有素，勤恳度日。没眼人流浪卖唱为生，踪迹缥缈，穿梭在太行山间连绵的崎岖里。

偶然的契机让亚妮踏上了这条看似遥遥无期的道路，一走就是几千个日夜，无数光阴。亚妮和没眼人同吃同住同行。她说："他们是我的兄弟。"

"勇敢的人，不是不落泪的人，而是含着眼泪继续奔跑的人。"他们不是生来坚强，而是接受了苦痛与不全，在艰难中努力向上。每逢红白喜事都有他们的歌声，"大雪盖坟地来，长明灯照着你，一辈辈转去两辈辈盼，睁了眼再还……"

他们唱得滂沱浩然，唱到后来只是干吼，"吼得天地混沌一片，人人都走在了魂萧魄瑟的尘黄路上"。

他们唱得撕心裂肺，坟头上停满了白蝴蝶，"生生地将自己一条条撕开来唱，顷刻舒展出无垠的宏博天道"。

他们如此坦诚，如此磊落，光明洞彻，负重前行。

字里行间总有无数的细节催人泪下：

没眼人中总是满脸堆笑的肉三仓促离世，没眼人为他唱了三个昼夜又半天，他们盼望着肉三离开后已经等到一双明晃晃的亮眼，"他们兴高采烈地吹，憧憬满满地唱，一直到天色青苍，一直到暮色冥茫；没眼人的老队长屎蛋装了一肚子老歌，开口就是勾人心魄的酸曲儿，攒了一辈子攒到两千八百六十四块七毛钱，颤巍巍交到亏欠记挂的女人手里，却被女人的儿子转身就丢得零零落落，他的背影在那一刻尤其孑然。"亚妮跟着没眼人走山，夜色脉脉，她开始犹豫彷徨，回屋一抬眼就看见悬在炕上的灯，那盏没眼人只为亚妮留的灯。天光逐渐变得柔和，黎明前的黑暗似乎也开始转向光亮。

爱默生有言，世界最为庄严、最为广阔的事业莫过于建起顶天立地的人格的大厦。原料就在眼前，散布在地上。每个人的生活都是比历史上任何一个国王都要显赫的政体。没眼人没有眼睛，亚妮就是他们的眼睛。她发现了他们身上的人性与神性，记录下了平凡人的生命价值和个体尊严。春江潮水连海平，生命回环往复，但人性真善美的河流从未停滞。

屎蛋总说，眼没了，心就亮了。没眼人在大山深处坚守多年，只为心里的信仰。岁月变迁，他们变得落拓邋遢，可他们坚定不移，从未改变最原始的生活方式；现实困窘，可传承曲艺的忠诚从未动摇。踏歌所向，长安花时未敢忘。

也许滑稽，也许愚笨，可就是这一个个所谓残缺的肉体，长出了灵魂的生花和奇迹。造化总弄人，可生活最诱人之处恰恰在于无常。命运狞笑着，可是却对手无寸铁的他们无可奈何。我们看似以高高在上的姿态悲悯没眼人，可我却从没眼人空洞的眼眶里看到了嘲弄和坚定。

海德格尔提出向死而生的观点，他的哲学生命永远处在倒计时中。而没眼人却向生而死，他们知道人固有一死，但仍然自由坦然，他们说："活着，高于一切。"

这样的自由和坦然，正是最好的生命姿态。他们看不到月亮和太阳，因为内心已经足够灿烂。充满善意，忠于信仰，是人性，更是神性的体现。

没眼人穷尽一生，既是渡己，也在渡人。

无眼舟子向生而死，带领我们划过生命荒原。

守望大地，孤独放蜂 20
——读《大地上的事情》

他叫苇岸。不是伟岸，而是苇岸。笔名来自北岛的诗，当然也有其他因素。"这当中有一种强烈的与猥琐、苟且、污泥的快乐、瓦全的幸福对立的本能。"

他不是声名显赫的作家，他的性情正如他的书一样沉默而自持，在书架一角等待，等有缘人发现他的文字、他的思想和世界。最初我被封面吸引：巨大的腰封上依稀可辨青草墨迹，腰封下几丛芦苇，远近都有绿色的生命。

别人评论他是"汉语世界最后一位孤独的放蜂人"。

苇岸有一篇文章就叫作《放蜂人》。"他孤单的存在，同时是一种警示，告诫人类：在背离自然，追求繁荣的路上，要想想自己的来历和出世的故乡。"苇岸是汉语世界里的孤独放蜂人，孑然一身，与文字和大地自然为伴，寻找花朵和家园。

在现代文明的巨轮轰隆隆地驶来之日，他扮演的角色不是一个义愤填膺的反对者，而是在拥挤的人潮中反向踽踽而行，留下寂寥而模糊的背影。偶尔，他也会在案前蹙眉深思，为国人未来的精神世界忧虑着。

　　苇岸并不是精致的利己主义者，与大多高级知识分子不同，他在努力重建生命与自然的联系。他若是认识利奥波德，两人一定一拍即合。虽处在不同时间和空间，在面对生命与自然的问题时他们的观点高度一致。闻到大地的味道让他安心。踩在松动的泥土上肢体伸展，血液涌动。"我想大声喊叫或疾速奔跑，想拿起锄头拼命劳动一场。"也许他和利奥波德会一同劳作，空闲时追逐融雪，听雁长鸣。苇岸说：劳动是上帝的教育。利奥波德说：真正的伦理是大地伦理。然后他们会心一笑，在山上坐到太阳落山。

　　没有能力改变国人，那就自己在有生之年守望大地，即使形单影只。他每天都用尽力气感受着大地的温度——廿四节气、蚂蚁筑巢、麻雀、野兔。

　　大地带给他平静，也教会他思考。"世间万物皆衰落胜于雄起。"日出日落潮涨潮落，那个背影或凝神独立，或愀然驻足。

　　他对土地充满着敬畏和尊重。这是他的精神之根，只有在土地上劳作，他才感到踏实，脚下的大地就是他的归宿。他写出的每一个字无不印证了他的家园情怀。

　　苇岸的思想领先于他的时代，毫无疑问他是超前的。但根深蒂固的大地情结也使他走向了另一个极端，对现代文明的抗拒使他抱病而终。他说过他恐惧新世纪的到来，过快的发展使他忧心忡忡。积忧成疾，最后一位养蜂人消殒在了1999年，二十世纪的最后一年。也算了却夙愿。

　　他是一个思考者，对我们未来将面对的困境忧心忡忡，可惜他局限于自己的情怀，急切地拒绝了现代文明。虽然社会进程如逆水行舟不进则退，但苇岸站在大路前提醒着行色匆匆的我们，在向前迈步的时候也别忘了回头看看，看看高山流水，听听虫声鸟鸣，看看四季变迁。

　　精神流浪是现代人的通病。我们大多缺失了心灵依托，一刻不停地前行。这是一个信仰缺失的时代，或信仰繁杂，或无所归依。我们似乎忘记了自己的家园，灵魂总在奔走流浪。"失去精神追求的生活不是真正的生活。"梭罗如是说。自然是善良的慈母，也是冷酷的屠夫，自然学家达尔文的劝诫仍然印刻在我的脑海里。我们总妄想征服自然，但大地永远是我们的根。费孝通说过，中国的社会是乡土性的，民族忘本无根，如何长远？苇岸焦急地敲着黑板朝我们呐喊。

　　暮色苍茫，窗户里飘进楼下老伯的笛声，恍惚间似乎立着苇岸的身影。

　　站在田埂上，守望大地，孤独放蜂。

　　他甘愿被历史淹没，也许是因为他已经找到了精神家园。

　　每当月明星稀之时，苇岸的名字还会闪着微光，警示每一位向前行走的国人。寻找家园，别再流浪。

乌托邦的沉沦

21

——论《边城》

　　因为汪老（汪曾祺）的缘故，我开始看沈老（沈从文）的书。说来有趣，一个和气的老头是另一个老头的老师。他们讲着不同的故事，但同样徐徐而行，宠辱不惊。

　　湘西边陲，清浅的溪流淙淙而过，湖面上水汽朦胧。二八少女的面目模糊难辨，依稀可以看见一个清瘦自然的背影。纸页之间看得见天空，如浮岛似的云，爷爷的木船，河水，还有竹篁。

　　以前想过为何不直接取名"凤凰"，而是要用一个模糊的"边城"，汪老给过解答，这是后话，待会再谈。

　　翠翠、爷爷、天保、傩送、顺顺，还有许多许多人。茶峒的人们秉承着淳朴自然的生活姿态，安于生活，没有太多的奢求与仰望。

　　翠翠和爷爷撑着小船度日，勤勤恳恳。翠翠是自然之子，由其名可见一斑。翠如篁竹，生于自然。关于她，最经典的形容就是"一只小兽物"，可怜可叹。爷爷泡的茶消解了六月的燥热，正直善良仗义疏财。天保、傩送兄弟以极为和平的方式追寻着同一个女孩，有纷争有波澜，但从表面上看还是一潭静水，没有不和，异常默契。

沈老从容地挥洒笔墨，构筑了一个世外桃源，看似闲美的"精神乌托邦"。这里的人们有着不经雕琢的灵魂，坚守着现代社会早已失落的精神品格。再来解释"边城"名字的含义，因为模糊和不确定性，它具有象征性，它代表的是一种生活态度和地域文化，沈老希望我们可以拾起这种失落的文明吧。

可是，美总不免叫人伤心。沈老自己也说，他带着对理想人性重构的巨大忧患，开始动手创作《边城》。汪老是沈老的得意门生，他也说"边城"是一种带着痛惜意味的怀旧，《边城》是一部温暖的作品，但隐伏着很强的悲剧性。

回过头来看，确实如此。翠翠倾心傩送却羞于言语；天保打算公平竞争却自认不敌傩送，亡于非命；而哥哥的死又导致了傩送对爷爷的不满；进而影响了顺顺的态度；最终爷爷在忧虑中离世。这些极为不巧的巧合，或直接或间接地导致了悲剧的发生。美而荒诞，愁绪如门前那条小溪，淡而朦胧地贯穿了整个故事。

天道有轮回，世事无常。可无常也是一种常啊，诸多因素或为命定。余华说得好，我们总是要承受命运的。

换个角度，沈老处在相悖的条件之下进退不得。他希望唤醒社会上的高知，可又清醒地意识到它注定要消失在历史的洪流之中，顺应所谓人类社会发展的必然规律。

因此，白塔倒了。一个精神地标坍塌了，于是一段时光里的那些人随着故事一起逝去了。这是沈老苦心经营的乌托邦沉沦的标志。

从《边城》中我们看到的是沈老对现代文明的忧患意识和他作为高知的悲悯以及人文情怀。他给在繁忙生活中的我们精神上的慰藉，让灵魂喘口气。感受田园牧歌，回归生命之初与自然的联系。

汪老的一段话恰如其分地形容了《边城》的语言，请容许我全文摘抄下来——

边城的语言是沈从文盛年的语言，最好的语言。既不似初期那样的放笔横扫，不加节制；也不似后期那样过事雕琢，流于晦涩。这是我的语言，每一句都"鼓立"饱满，充满水分，酸甜合度，像一篮新摘的烟台玛瑙樱桃。

这种天然去雕饰的语言，也使得《边城》更富深情吧。

汪老自然在期待着《边城》的文学地位，而我亦如是。

清水鸡汤 22
——论汪曾祺其人与其风

你好，我是今日导读王琳棋。

今天我要向大家介绍一位我特别喜欢、写小说像写散文的大文学家汪曾祺，真水无香，文字如清水鸡汤。当然，此处鸡汤可不是泛滥于朋友圈的毒鸡汤哦。

接下来请和我一同享受一段关于发现与感受的旅途。人生啊，就像一列永远向前的绿皮列车，兜兜转转回环往复，你会路过河流，路过山谷，直到抵达大海和远方。而在这当中，生活又是其不可缺少的一部分。所以，发现和感受美与残缺可以让我们更加年轻，也永远保持对万物的求知欲和感激之情。好，那么现在开始吧。

我是温州人，来杭州快半年了。一切都还算适应，只是偶尔会怀念家乡的味道。那到底什么才是家乡的味道呢？

前段时间过年回家，夜阑人静的时候突然肚子饿，妈妈给我下了一碗清汤素面，有机小白菜，面里加的荷包蛋是本地鸡蛋，面是楠溪江粉干。没有多余的调料，淡淡的油水和一调羹黄酒。

这个味道我一直都记得，淡而有味，就像汪曾祺的文字一样。

但不知从何时开始，中国人的口味变得越来越重，留学生出国时总不忘老干妈蘸酱，大伙儿聚会时总吃香喝辣，三五好友出门夜宵也选择麻辣烫。而这种趋势正如同文化重口味的走向。

读者对于文字的口味也变得更加重口，有的辞藻华丽，有的内容低俗，有的机关算尽，有的浅白无力。但总有读者愿意去读这类作品，不免叫人感到遗憾。

今天，我要向大家介绍前面提到的汪曾祺，我比较喜欢直呼其名，或者叫他老汪。在我心里他就是一个永远笑嘻嘻，永远和和气气，永远年轻得像周伯通一样的老头。可能我喜欢的作家都具有这样的特质，他的老师沈从文也是，再比如丰子恺和林语堂也是。老汪的身影甚至不很清晰，湖面上水汽朦胧，他在河对岸朝我招招手，就隐入山中去了。贾平凹先生曾在一首诗中这样评价汪曾祺："是一文狐，修炼成老精。"

老先生在一篇散文中提到过气质成就风格。布封说过："风格即人。"中国也有"文如其人"的说法。就像苏东坡的词宜关西大汉执铁棹板唱"大江东去、浪淘尽，千古风流人物"，柳三变的词宜十七八岁的女郎持红牙板唱"今宵酒醒何处，杨柳岸晓风残月"。

　　汪老说自己的作品不是悲剧，缺乏崇高的、悲壮的美。"我所追求的不是深刻而是和谐，这是一个作家的气质所决定的，不能勉强。"三毛也说过，"我不求深刻，只求简单"。

　　跟在别人后头空空洞洞地喊了十来年的"大江东去"后，他说，他发现自己是一个只会写"小桥流水"、不擅写"大江东去"的人。

　　写作的三个阶段：一是模仿，二是摆脱，三是自成一家。老汪同志说，"我现在岁数大了，已经无意让自己的作品像谁。别人怎么写我已经模糊了，我只知道自己是这样写的，就这样写了"，"写文章嘛，就是随便地把文字丢来丢去"。

　　契诃夫也曾提过，菌子已经没有了，但是菌子的气味还留在空气里。

　　喜欢汪老文字中流露出来的一派天真，以及对世间寻常万物的怜惜和珍爱之情。那是一种对美的发现和追求，作为文人应有的对万物的悲悯和人文关怀。朱光潜先生在《谈美书简》里也说，万物都值得在颤抖中被拥抱，真正的美，即为柔弱，却不可征服。

　　他的文字很淡，所写的小说不大有跌宕曲折的情节，更多的是意境和从容。读他的文字，时常会激起我对世俗的感激与欣赏。

　　那接下来我要给大家读几段我的书摘，选自他的散文。就这些像流水账一样的文字，体现了他的特点和独特的人文魅力。我们下节再见。

以下摘自他的散文，内容大致可按"记人事，写风景，谈文化，述掌故，兼及草木虫鱼、瓜果食物，间作小考证"分类。有人说他生于水，爱水，爱写水，文字也如水。对水的情有独钟，水浸染他的文字，使它们悄悄散发出淡泊的水汽，晕染出空明的水韵。

首先是他的花园，通过一些特别的细节，你会感到生命与自然的联系——

◎在任何情形之下，那座小花园是我们家最亮的地方。虽然它的动人处不是，至少不仅在于这点。每当家像一个概念一样浮现于我的记忆之上，它的颜色是深沉的。

◎祖父年轻时建造的几进，是灰青色与褐色的。我自小养育于这种安定与寂寞里。

◎那只青裆子永远眯着眼假寐（我想它做个哲学家，似乎身子太小了）。只有巳时将尽，它唱一会，洗个澡，抖下一团小雾在伸展到廊内片刻的夕阳光影里。

◎一下雨，什么颜色都郁起来，屋顶，墙，壁上花纸的图案，甚至鸽子：铁青子，瓦灰，点子，霞白。于是我们，等斑鸠在我们那个园里叫。等着一棵榆梅稍经一触，落下碎碎的瓣子，等着重新着色后的草。

◎草根的甜味和它的似有若无的水红色是一种自然的巧合。

◎捉到一个蟋蟀，我不能看出它颈子上的细毛是瓦青还是朱砂，它的牙是米牙还是菜牙，但我仍然是那么欢喜。我每吃一个梨，一段藕，吃石榴吃菱，都要分给它一点。正吃着晚饭，我的蟋蟀叫了。我会举着筷子听半天，听完了对父亲笑笑，得意极了。

看到这里我也笑了，你面前有没有出现一个淘气无比却又心性简单的男孩，举着筷子朝你微笑？那个年代孩子的快乐就是这么简单，也许他们什么都不懂，可就凭着那份生命与自然的联系，他们每天都可以过得自由自在。

◎它老先生于是坐在新大门旁边息息，吹吹风，神情中似乎生了一点气。

汪老称这小动物"老先生"，实在令我很感动，这是一种由内而外散发出来的与自然平等相待的心态，可现代人似乎已经失去了这种宝贵的品质。

接下来是他对于世界和生活的感受，平生若能拥有汪老一样的生活姿态，便备感荣幸。

◎夏天的早晨真舒服。空气很凉爽，草上还挂着露水（蜘蛛网上也挂着露水），写大字一张，读古文一篇。夏天的早晨真舒服。

◎西瓜以绳络悬之井中，下午剖食，一刀下去，喀嚓有声，凉气四溢，连眼睛都是凉的。

◎乘凉。搬一张大竹床放在天井里，横七竖八一躺，浑身爽利，暑气全消。看月华。月华五色晶莹，变幻不定，非常好看。月亮周围有一个模模糊糊的大圆圈，谓之"风圈"，近几天会刮风。

这段文字直接导致了当人家问我最爱什么季节时，我毫不犹豫地脱口而出是夏天。我喜欢的另一个作家笔名叫八月长安，取自生于盛夏八月，愿此生长安。夏天这个特别的季节，会永葆青春，一路前行，唱着永不褪色的歌谣。但除了夏天，汪老对秋冬的描写也非常有味道。

◎一叶落而知天下秋，梧桐是秋的信使。梧桐叶柄甚长，与树枝连接不很结实，好像是粘上去的。风一吹极易脱落。立秋那天，梧桐树本来好好的，忽然一阵小风，飘下一片叶子，无事的诗人吃了一惊：啊！秋天了！其实只是桐叶易落，并不是对于时序有特别敏感的"物性"。

第一次读到这里的时候忍俊不禁，面前就好像有个周伯通，指着无事生非的诗人，对着读者挤眉弄眼。这其实并没有破坏秋的美感，反倒打破了自古伤春悲秋的传统。再接着读冬天。

◎南方的冬天比北方难受，屋里不生火。晚上脱了棉衣，钻进冰凉的被窝里；早起，穿上冰凉的棉袄棉裤，真冷。

◎天冷了，堂屋里上了槅子。春暖时卸下来的，一直在厢屋里放着。搬出来，刷洗干净了，换了新的粉连纸，雪白的纸。上了槅子，显得严紧、安适，好像生活中多了一层保护。家人闲坐，灯火可亲。

"家人闲坐，灯火可亲。"这八个字，简简单单，却万分有力量。前半句的"闲"道出了冬天这个季节的安适，而后半句的"可亲"则将灯火看作同类，也沾染上这种温暖的气氛了。冬天本萧条无力，但人为的温暖也让这个季节不再那么寒冷。

◎莲花池边有一条小街，有一个小酒店，我们走进去，要了一碟猪头肉，半市斤酒（装在上了绿釉的土瓷杯里），坐了下来。雨下大了。酒店有几只鸡，都把脑袋反插在翅膀下面，一只脚着地，一动也不动地在檐下站着。

◎一棵木香，爬在架上，把院子遮得严严的。密匝匝的细碎的绿叶，数不清的半开的白花和饱涨的花骨朵，都被雨水淋得湿透了。我们走不了，就这样一直坐到午后。四十年后，我还忘不了那天的情味，写了一首诗：

> 莲花池外少行人，野店苔痕一寸深。
> 浊酒一杯天过午，木香花湿雨沉沉。

这样一种生活姿态，我给它命名为"无言"。古人说诗的作用，可以观，可以群，可以怨，还可以多识草木虫鱼之名。这最后一点似乎和前面几点不能相提并论，其实这是很重要的。草木虫鱼，多是与人的生活密切相关，对草木虫鱼有兴趣，说明对人也有广泛的兴趣。

以下几段取自《故乡的食物》，汪曾祺谈吃，我以为是最佳，以至于每次我向人家推荐他谈吃的作品，都要附四个字——深夜慎读。金庸说过，大陆满口噙香中国味的作家，当推汪曾祺。不仅在于他会吃，更在于会写吃。一生文章无数，但涉及最多的、写得最好的当数美食。他是把口腹之欲和高雅文学拉得最近的人。名噪一时的《舌尖上的中国》总导演陈晓卿觉得，还是汪曾祺写得干净。"他从不卖关子，很讲究、很有味道，说的虽是普通的食物，但却是我这辈子都吃不起的。"

◎曾经沧海难为水，他乡的咸鸭蛋，我实在瞧不上。

◎我在泰山顶上一个招待所吃过一盘儿炒棍儿扁豆，非常嫩。平生所吃扁豆，此为第一。能在泰山顶上吃到，尤为难得。

◎这家所卖蒸菜中有一色rang小瓜：小南瓜，挖出瓤，塞入肉蒸熟，很别致。rang不知怎么写，一般字典查不到这个字。

这里汪老用了拼音，我觉得实在是太可爱了。

◎不知道文思和尚豆腐是过油煎了的，还是不过油煎的。我无端地觉得是油煎了的，而且无端地觉得是用黄豆芽吊汤，加了上好的口蘑或香、竹笋，用极好秋油，文火熬成。

◎杨花萝卜即北京的小水萝卜，因为是杨花飞舞时上市卖的，我的家乡名之曰："杨花萝卜"。这个名称很富于季节感。

◎孩子切萝卜，觉得这个一定很甜，尝一瓣，甜，就放在一边，自己吃。切一天萝卜，每个孩子肚子里都装了不少。

相信大家小时候都有这样的经历吧，说着要孝敬长辈切个水果榨个汁，到头来东西没做多少，反倒全装进自己肚子里去了。汪曾祺很吸引我的一点是他明明已经长大成熟，却还能体会、感受甚至保持这种少年人的心境。

以上句子，我不打算一字一句地去分析结构与情感的表达有什么好处，也不打算像做阅读一样抠字眼深挖一些作者本人都想不到的意思，就这么慢慢地去读去听去品。他的文字可能不是标准的鸡汤美文，甚至一篇文章的大部分内容都与主题毫无关联，但正是这些闲笔，信手流淌出来的文字更真实，也更有力量。也许他的力量不会让你热泪盈眶，但足够你满心欢喜，就如同清水鸡汤。我们经常会陷入这样一种过程，少年为赋新词强说愁，文字如烈酒，鸡汤味过重，老去后心境荒芜波澜不惊，文字如白开水，鸡汤味淡去，没有滋味。汪老的文字就恰恰处于二者之间，这也是我们所追求的一种境界。

　　当有一天妈妈在炒菠菜时，你会在边上嘟囔："哎，我和你说，汪曾祺说过，炒菠菜要少动铲，一动就黄了。"那时候，你是真正明白汪老语言的妙处了。

焦锅味里的悲悯与情怀 23
——从民俗人情看汪曾祺的人生态度

所谓人文关怀，就是邻家飘来的阵阵焦锅味。

——木心

随着五四新文学的日渐发展，到了20世纪30年代，沈从文发表的《文学者的态度》《论"海派"》等文章，掀起了"京派"与"海派"的文学争论，两个流派的概念也由此发展起来，成了一种特殊的文学流派分类。

京派文学最为显著的风格便是乡土和民俗，专注于真善美的抒写和对人性的理解。京派文学在后来的发展中，"淡化了现实性而向乡村历史深处延伸"，"淡化了个人性而专注个人生命的诗意抒写"。而汪曾祺作为京派作家的代表人物之一，这一特质也在其大量作品中表现出来。

另一方面，作为京派作家之中心的沈从文先生的弟子，汪曾祺常说自己的文章深受沈从文的影响。其行文中自然有对沈从文风格的继承，但与此同时，也有自我感情的融入和进一步的发展，细细读来不难发现两者之间的差异：沈从文"看穿人世繁华，发现人类天性中无法消弭的忧伤和寒冷"，而汪曾祺"明知人生厄难重重，却又小心规避，着意去摹写梦幻般的纯美，给读者心灵带来暖意"。他们同样有对民俗的抒写，但一冷一热，一楚一儒，不同的人生际遇和对生活的理解孕育出不一样的情感抒发方式，而个中差异也正是汪曾祺作品独特内涵的体现。

汪曾祺书写的对象丰富而广泛，读来闲适而有意趣，选取的多是生活中常见的事物、易感的情怀，文字淡而有味，可读出深情。本文试选其中部分，浅析其中蕴含的情感意趣与人生态度。

吃食与怀思

俗语有言："民以食为天。"生活离不开吃食，对日常琐事的细致理解又何尝不是对民俗生活的体悟呢？谈及食物的作品不胜枚举，但满本满篇着重笔墨抒写食物的作品却屈指可数。而在20世纪中国文人的怀乡散文中，"故乡的食物"却是抒写不竭的主题之一。在这些作品中，汪曾祺所写的吃食可谓最为出彩。金庸说过，大陆满口噙香中国味的作家，当推汪曾祺。不仅在于他会吃，更在于会写吃。

　　汪曾祺写美食的散文被收录于多个文集，有《人间滋味》，有《故乡的食物》。他是江苏高邮人，便写《端午的鸭蛋》，高邮鸭蛋的印象由此更加深入人心。不只写故乡的美食，他也写别处的美食，写昆明，写北京，写一处便是一处的风味。表面只写食物，实际也在写生活，或者说，在写对人生的态度。

　　食物是人对生活的一种味觉记忆，伴随进食一同体会到的意趣，他善于捡拾生活的碎片。他在《端午的鸭蛋》中写："曾经沧海难为水，他乡的咸鸭蛋，我实在瞧不上。"状似无意地凸显出故乡在记忆里的地位，寥寥几笔道尽乡愁。在《干丝》中他写："我父亲常带了一包五香花生米，搓去外皮，携青蒜一把，嘱堂倌切寸段，稍烫一烫，与干丝同拌，别有滋味。这大概是他的发明。"对干丝的记忆，也是对父亲的怀想。父亲对食物和生活的态度，也影响了后来的汪曾祺。《萝卜》中提到："孩子切萝卜，觉得这个一定很甜，尝一瓣，甜，就放在一边，自己吃。切一天萝卜，每个孩子肚子里都装了不少。"文中顽皮的孩子想必多少有自己的影子，也体现出汪曾祺永葆少年人澄净天真的心性。

　　表面上摹状食物，实际是在怀乡、思亲、怀想充满稚趣的童年。汪曾祺写食事、写吃食的做法，这些极度贴近生活的描写很容易勾起读者类似的回忆。"故乡的食物"固然只是个人生命里某些可以纪念的亮点，但"进食"从来就不是纯粹的"个人行为"。进食是群体性的，中国人吃饭不只为果腹，也是一种生活智慧。不同地域的饮食文化有所差异，但对食物和生命的态度以及食物本身带来的幸福感与满足感却是相似的。正是因为这种特性，饮食散文虽然行文平淡，却能从充满烟火气的角度，引起读者怀念之情，体会温暖之感，引导读者领会寻常日子里一茶一饭的气韵。这是千百年来人们的文化归属感，读者可以从汪曾祺的文字中感受中华饮食文化的血脉和生趣。

景物与生命意识

所见之风物是生活的背景板，很多人说，所写之景便是所感之情，眼中所见便是心中所感，王国维也言"万物皆着我之色彩"。的确如此。

汪曾祺写四季，各有感时之意趣。《大淖记事》中提到春天的"大水"："春初水暖，沙洲上冒出很多紫红色的芦芽和灰绿色的蒌蒿，很快就是一片翠绿了。"《夏天》中写："乘凉。搬一张大竹床放在天井里，横七竖八一躺，浑身爽利，暑气全消。看月华。月华五色晶莹，变幻不定，非常好看……一直到露水下来，竹床子的栏杆都湿了，才回去，这时已经很困了，才沾藤枕，已入梦乡。"《梧桐》里写秋天："立秋那天，梧桐树本来好好的，忽然一阵小风，飘下一片叶子，无事的诗人吃了一惊：啊！秋天了！"《冬天》中提及上榍子、铺稻草，未写"寒"字却有寒意。

四季流转，自然兴衰，应时之景是对时光最好的记录。无论是哪个季节，在汪曾祺笔下都是富有生机的。春天植物初生，欣欣向荣；夏天乘凉赏月，没有暑气恼人，反添情趣；秋天少了悲秋之伤感，只有对"俺们的秋天"的珍视；冬天的寒意中，又有"家人闲坐，灯火可亲"的和暖。这些景致中，透露出的是对生活的肯定和热爱。写季节的作家比比皆是，但有乐景也总是有哀情的。朱自清的《春》充满诗意，但郁达夫《故都的秋》却是清静悲凉。唯独汪曾祺笔下，似乎每时每刻都显得可爱，这自然也和他的人生态度有关。"汪曾祺把人生看得是很美的，是审美的人生，他的作品剔去了奇形怪状的苦难之状，剔去了对人生的灵魂的直接的、无情无意的拷问……总可以感到不露声色尽得风流的风范吧。"

汪曾祺看到的这种"美"不但是景物之美，更是生命之美。他所见到的景物本身是美的，这些美好的东西又使他的生命增添了美。生命与自然息息相关。他描写自家的花园时，这种生命意识体现得更加明显。"草根的甜味和它的似有若无的水红色是一种自然的巧合。"将植物的颜色和人的味觉巧妙地联系在一起，这也是生命与自然的默契与交融。他捉到一只蟋蟀，"每吃一个梨、一段藕，吃石榴吃菱，都要分给它一点。正吃着晚饭，我的蟋蟀叫了。我会举着筷子听半天，听完了对父亲笑笑，得意极了。"他视蟋蟀如己出，不自觉间，生命已经和蟋蟀的生命维系在了一起。

在汪曾祺的意识中，人不只是内在的、个体的人，更是向外扩展，兼容并包，与自然界更多的生命融合在一起，成为一个庞大且美丽的生命体系。这样的体验使人更加充实，也更加自由。这和他对儒家思想的接受有关，他说："我不是从道理上，而是从感情上接受儒家思想的。我认为儒家是讲人情的，是一种富于人情味的思想。"他笔下的木石花草，皆浸染着这样的人情味。

爱情与精神追求

除却纯粹的生活风物，汪曾祺也写纯粹的人类感情，他的几篇爱情小说大都成了经典。1980年《受戒》发表，和当时的文学主流、文化氛围显得格格不入，在"伤痕"的氛围之中，却自顾自地辟开了一条人性美好、天真烂漫的道路，仿佛从不会受到尘世的干扰。

　　荸荠庵的小和尚明海和会刺绣的小英子，年轻而懵懂，爱情也是朦朦胧胧的。结尾处的问答显得那么直率可爱。"我给你当老婆，你要不要？""要——！"而明海照理说是和尚的身份，却并不"六根清净"，不只是他，荸荠庵的和尚们大都如此，这本身就暗寓着一种对限制的打破，回归本真的人性。

　　而《大淖记事》中的爱情是经历了曲折的，然最终归于欢喜。锡匠们上街游行、"顶香请愿"，体现出仗义和威严。而巧云和十一子的爱情也是坚韧忠诚。"你值么？""我值。"文末说："十一子的伤会好么？会。当然会！"乐观和坚强由此喷涌而出。

　　乐观的态度，鲜活的人性，自由的爱情观。在纷纷扰扰的外界现实的对比下，汪曾祺笔下的乡村和爱情仿若营造出了桃花源般的净土，令人神往。但《受戒》最后又说："写四十三年前的一个梦。"这句话引起了许多人的注目和讨论。为何是梦？梦总是与现实相对应，又受到现实的影响而无法脱离，经常成为一种愿望的寄托。这便给了"梦"一个合理的解释，《受戒》虽然看似"另辟蹊径"，实际并没有与大环境完全脱离，仅仅是大环境中的汪曾祺为自己寻找到的一个出口。"它不仅勾连起了汪曾祺的成长印痕和现实焦虑，更是已中断文学传统的重续。就此而言，这个梦不仅是汪曾祺一个人的，同时还是现代文学中那些抒情小说家的，更是20世纪80年代以后诸多青年小说家的。"

　　由此我们更加深入地理解了汪曾祺。他是一个典型的中国传统知识分子，而"编造关于巫山云雨的梦境成了他们对于残酷的历史过程中的一种特殊的心灵规避方式"，在这种"生存策略"中，我们不难窥见汪曾祺的心灵追求——撇开时代中的种种外力和压迫，专注对人情的歌颂，返璞归真，解放天性。这大约也是他书写民俗和人情的意义所在。

　　汪曾祺重情，这一点流露在他每一篇文章的字里行间。他写草木虫鱼，也写人间情爱，他偶尔幽默生动，偶尔沉郁深情。布封说过："风格即人。"汪曾祺的风格是其纯净的本心和所处的时代相辅而成的造物，无论是现实的俗事还是梦境的幻景，在他的笔下，人生的主题总都是生活、人性与爱。

如此伶人 24
——解析《京华烟云》之红玉

　　《京华烟云》是一本可以随时翻看的小说，并不是一定要有闲时才看，最好是夜阑人静时独自个儿看；困倦时，起来喝口清茶自问道，人生人生，我也是其中之一小丑否？

——林如斯

　　我就这样，反反复复喝掉了许多杯清茶，穿行在京华烟云里，进进出出不可自拔。林老将《京华烟云》架构在红楼之上，"后来写作受《红楼梦》无形中之熏染，犹有痕迹可寻"。其中与红楼人物最为相似的，便是红玉。红玉与黛玉，都是如玉之人，跨越一个时代仍在灵魂上息息相通。

夙慧命薄

红玉是古典意象中的美人。她是"所有未婚女子中最美的"。阿非眼里的她肤如凝脂，轮廓清秀，两颊总有一抹因病而生的虚红。我想象中的她捧着一本古书，也许还撑着戴望舒的那把油纸伞，在江南小巷里款款而行，留下一个清瘦的背影。黛玉也如此，娴静时如娇花照水，行动处似弱柳扶风。她与黛玉一样因病而美，如玉一般脆弱易碎。自幼体弱多病，对世间万物格外珍惜，对生命也更为看重。草木摇落凋零她要怜惜，烟花转瞬即逝也要叹惋。红玉也生得格外脆弱，敏感多疑。游月下老人祠时随手抽的一签在她看来如鲠在喉。"莫将真幻来相混，芬芳香过总成空。"暗示了红玉活在自己构筑的理想国里，她的轮廓，容不下那个时代的轮廓。有学者把病态美解释为一个时代的审美观，而这种审美观正是日趋内敛、阴柔的中国传统文化品性的外在体现。

她们都是夙慧之人，小小年纪就才华卓越，吟诗作对著文章，都不在话下。林琴南老诗人也对红玉念念在心，亲力亲为教导她作南曲传奇。红玉为"曲水抱山山抱水"对的下联"闲人观伶伶观人"震惊四座，而黛玉的《葬花吟》也至今无人能及。她和黛玉的生命轨迹就像一曲断章——美，但残缺。因为残缺，所以更美。红玉阿非，宝黛之悲，时代总是相通的，但如今只能用"自古红颜多薄命"勉强付之一解。

因爱而生

木兰说，红玉爱得太深了，这是"永远不能封口儿的创伤"。红玉从初到姚府就对阿非暗生情愫，情根从此种下，生根发芽。她的爱，含蓄而坦诚，犹豫却执着。她爱得彻头彻尾，阿非是她丢失的一部分灵魂。阿非在她身边，她便安宁从容；阿飞离开，她便焦灼不安。黛玉对宝玉的爱也偏执单纯，得知宝玉与宝钗订婚后，黛玉焚稿殉命。正如黛玉遇见宝钗，宝芬也是红玉生命里过不去的一道坎。宝芬是旗人，同她一样年轻美丽，但更健康活泼。红玉总令人怜惜叫人失意，那么宝芬便是招人喜爱叫人开怀。所以命运的天平倾向了宝芬。

红玉活得纯真自然，不谙世俗之事。面对阿非的传统家族，她不懂迎合只是展现自己任性恣情的状态，那才是她生命的本真。但因为深受社会和那个年代的约束，红玉最终失意绝念，成全阿非。她生喜洁净，讨厌泥水，幼年时的阴影使她对荷池有挥之不去的恐惧感，但最后却选择自溺荷池，打捞上她时，泥污一片。企盼无果，为何不让他幸福？红玉的爱伟大，那是一种圣母情怀。她作为牺牲者的光辉形象存在，光芒四射也鲜血淋漓。这种爱超乎时代也超乎生命，也许红玉自溺更是另一层境地了。如同宝黛悲剧，追本溯源，根源还是在于社会问题，中国的传统文化中束缚人性的糟粕，老舍眼中"吃人"的旧社会。

文化符号

从表面来看红玉和黛玉只是作为红颜悲剧存在，但她们更多的是作为一种文化符号而存在。红玉和黛玉生活的时代背景不同，所以她们所代表的特殊文化含义也不尽相同。曹雪芹的年代封建礼教束缚着百姓，他便让黛玉站出来反抗。她活在封建礼教中，但热切地希望婚姻自由，挑战权威。曹雪芹借黛玉表达了他对封建制度的不满。而红玉是时代矛盾的缩影，生命消殒代表着传统的消逝，在这场没有硝烟的战斗中传统文明逐渐退出了历史舞台。但她的死令人悲戚，怆然泪下，也说明传统文明的消逝会让人疼痛不已。

林老（林语堂）的年代，现代文明和西方世界的入侵让许多文人不知所措，现代文明和传统文明的碰撞是时代的主流。林语堂就借用红玉表达了他对传统文化的坚持。因为自幼喜爱古典诗词，红玉因崇古排外而格外偏执。她不愿接受任何有悖传统的事物。电话、电影、英文，在她看来刺耳古怪，连阿非口中的英语也是怪话。当时的世界掀起了新的潮流，但红玉依旧孤独地守护着她的精神家园，传统的中国文人世界。红玉的文化遗民情结使得她融不进当时的社会风尚，不知不觉间，她也和崇尚潮流的阿非渐行渐远。王鼎钧先生在《树》中也表达过类似的观点。当工业文明席卷而来时，文人们似乎感到迷惘和不安。传统文明与现实的矛盾激化，林老也借此表达了他对中华文明生存状态的思考。

　　林老在书房写完红玉之死的那一天，拿出手绢擦了擦眼角，笑笑。

　　"宇宙之中，应当有六行，不只是五行。红玉应当属于玉。她由皮到骨都是玉的，纯洁，高傲，坚硬，脆弱易碎。"

　　她是如玉伶人，身在世俗之外，笑看京华烟云。

食色人间烟火 25
——小评《乱世佳人》

　　她在大陆有两个译名，《乱世佳人》和《飘》。但我更爱后者。正如影片一开头的第一行字幕：文明随风飘散。每个人的命运也携风而去，飘散到彼岸，看见新生。从这里绽放出全新的生命色彩。

猩红——斯嘉丽

　　Scarlet的本意为猩红色，罪恶。但命运又为她涂抹上青葱色的粗线条，那是希望。红配绿，看似尴尬的组合，但又出人意料得鲜明。斯嘉丽就是如此，她不完美，任性倔强，但她身上不完美之处，才是真实感最强的斯嘉丽，历史上最浓重的一笔。命运使一个刁蛮傲气的少女变得计较，变得吝啬，但也变得坚强而独立，懂得承担起自己的责任。她让人感觉是一个任性的小孩，凭着骨子里的蛮劲、倔强，尽力在墙上画下属于自己的一笔：懵懂，稚嫩，却醒目。她不如梅兰妮，聪慧过人，圣洁得像天使，但她却用自己的倔强和执着，换回了永远属于她的那片土地，辽阔的塔拉庄园。当南方的文明随风而逝时，斯嘉丽还在塔拉庄园上默默地守望，度过千百个日子，期待着崭新的明天。

绛色——瑞德

他是玛格丽特笔下最深邃的角色。和斯嘉丽的性格相似透顶，都是热烈的红。他的不羁、放荡，无视道德，都是因为他早已看透世事善恶、人情冷暖。瑞德在战火中冲破封锁线贩卖军火，置道德于度外，但在南方将要沦陷时，他还是坚决参战，守护自己的根。瑞德对斯嘉丽的爱看似不羁随意，实际却深沉得像一潭死水。扔一粒石子，都不会激起波纹。他用在旁人眼中不留痕迹的真爱守护着斯嘉丽。他站在她的背后，用自己厚实的胸膛支撑着她。时刻注意她细微的表情，揣摩她的心思，战争到来时冒死为她偷来一匹马，半夜斯嘉丽做噩梦，他温柔地安抚她。他将爱情诠释到极致。斯嘉丽对艾希礼的温存未尽，让他一次次地受伤，割破他强壮的外表。虽然斯嘉丽最后醒悟，挽留、放下尊严去乞求他，但宁为玉碎，不为瓦全的他，还是带着千疮百孔的心毅然离去。

藕荷色——梅兰妮

藕荷色近似于白色，但又有浅灰和浅粉色掺杂。梅兰妮是一个比较模糊的角色，印象中是灰色的，但又圣洁得像天使，只是不巧坠落在凡间。她宽容得过分，正如白色的干净。偶尔脸上的红晕也如浅粉色，滋润了斯嘉丽的心。临死之前她何曾不知道斯嘉丽爱自己的丈夫，但是梅兰妮的圣洁使她把自己的丈夫托付给斯嘉丽。她在为丈夫准备生日宴会时，听到有人说斯嘉丽与丈夫艾希礼的流言，她却以自己的宽容保护着挚友斯嘉丽和挚爱艾希礼。瑞德说过，梅兰妮预示着希望和信念，她是世俗之心无法战胜的力量。所以他赞美她，尊敬她，从心底崇敬这毫无瑕疵的灵魂。

藕荷色的梅兰妮，圣洁得太过分。

橡树绿——艾希礼

艾希礼的名字源于古英语——树林的意思。出身贵族的艾希礼，温润如玉，完全是一位谦谦君子。他在乱世之中，守护着挚爱梅兰妮，也守护着十二橡树，但这一切最终还是被毁于战火。艾希礼的十二橡树庄园是南北战争中永远失去的记忆，斯嘉丽的塔拉庄园却浴火重生。他对这场战争有十分理性的分析，但他真正担心的是安定的生活会消失，他不愿改变现状，也不愿尝试去改变。他坚持着封建的思想，宁可守着残缺的梦想也不愿迎接新的生活。他代表树木，保守温和，受封建思想的束缚，依靠着脚下的土地。从小的生活环境养成了他翩翩绅士风度，也养成了他的本性：懦弱、忧郁，追求安定的生活，不愿随遇而安。当南方的文明失去后，他也随着老南方，永远地离去了。

　　还是看到了结尾。在猩红色的云霭中，她的那句话，治愈了多少个灵魂。她在曾经和父亲并肩站立的土地上，深情地呼唤。脚下的塔拉庄园，亲人，瑞德，自己的根。

　　After all, tomorrow is another day.明天，又是新的一天了。

胜 意 26
——《美国队长3》影评

未来影院，两个半小时坐在黑暗的漫威主题厅里，我的心起起落落，感慨着罗素兄弟的段数真是高啊。

按漫威惯例，看到结尾引出黑豹的彩蛋。等到影院里的人只剩四五个，仔细地看完演职员表长长的滚幕，我终于等来一段几十秒引出蜘蛛侠返校季的彩蛋。

稚嫩的小蜘蛛，小心翼翼地隐藏自己的身份。镜头一转，天花板上投射出猩红的LOGO，在结尾再次看到巨萌的Spiderboy后，同样经典的角色第一次进入漫威宇宙，我心满意足地离开了。

走出影院，外面天气有点阴冷，刚下完大雨，清冷的天里冷冷清清。

看完漫威的电影后总会怅然若失，或许勾起了某段回忆，或许只是因为心里很简单的英雄情结。

两个台词满分的新朋友

Spiderboy（Spiderman）

其实上面也是一个梗。

Is your name Spiderboy?

No,Spiderman.

小蜘蛛是我觉得《美国队长3》中最有看点的角色，他和蚁人承担起电影中明快的那一部分，插科打诨中，让这部基调阴沉虐心的电影不再那么沉重。

在机场的混战是最轻松的部分，众笑点也一一爆炸。

小蜘蛛抱着来看偶像的心态参与了混战，他甚至还因为功课差点错过了偶像见面会。

I can't.

Why?

I have to do my homework.

铁人啼笑皆非，顺带着把玩了一把他的游泳镜制服，后面向别人介绍小蜘蛛的时候直接用了睡衣宝宝。好歹正式上战场的时候换了套新的，不然大家可能会以为他只是个会吐丝的未成年小弟。

给小蜘蛛的镜头不多却很到位，机场混战中他把话痨技能施展到了极致，不愧为漫威宇宙"三大嘴炮"之一的称号。

看到冬兵的铁臂一脸崇拜大呼小叫，像初生牛犊进入了全新的世界，顺便展示了他的特殊才艺。单干Sam和Bucky，把他们牢牢地粘在地板上，顺带着死缠烂打撂倒了大蚁人。（钢铁侠来找他时还把他的手粘在了门上）要不是因为话痨，整个Team Captain都得给他解决了。

但若不是个话痨，小蜘蛛也就不再是小蜘蛛了。

他还年轻，也不知道成人世界的残酷。他只知道帮助弱者，帮助该帮助的人，让世界更美好一点。他发现自己和别人不一样以后，第一个想到的就是帮助。褪去那身幼稚的制服，仍然想参与之后的战争，但Tony因为他是个孩子就拒绝了他，他也乖巧地退下了（而且也累了，毕竟是个孩子，身体素质还不够）。

他回到自己的世界，安分守己，不让May担心，擦破手掌后搪塞了过去。英雄无名比公开身份更安全。字典上说，英雄是无私忘我，不畏艰险，为人民利益英勇奋斗，令人敬佩的人。小蜘蛛做到了。所以，他可以被称作Spiderman而不是Spiderboy。

虽然他很年轻，但他有初心，这是其他超级英雄历经风尘冷暖后所缺失的。他的善意和本心给我们敲了一记警钟。不论走多远，都别忘记原来的方向。

Ant-man

他是除小蜘蛛外第二个撑起电影笑点的角色。我想，他应该是个很简单的人吧。懵懵懂懂地被拉来战斗，躺在车上还半死不活地睡，醒来看到美国队长的兴奋之情溢于言表。他笑得花枝乱颤，结巴又兴奋地握住Captain的手使劲儿地摇，完全一副迷妹脸。

Hey,are you Ca...Captain A...America?

Yeah.

Oh!Captain America!!Oh yeah,I'm Scott,Scott Lang.

（娇羞地捂住脸）

其实这也从侧面描写了美国队长就像一座地标一样象征着一种精神，而且人们也要尊老爱幼，毕竟人家将近毫耋了。

在机场大战的时候，以为蚁人要特别厉害地冲进Tony盔甲里，结果不小心开启了消防模式，被水淹得措手不及。

他说有个大家伙，居然变成了巨蚁。那一瞬间我有种奥特曼变身的即视感。看他摇摇晃晃站不稳像头小怪兽一样，笨拙地迈步，胡乱拿起车和飞机一通乱砸，笑得喘不过气。

同时他也向我们展示了他的神奇技能，该技能短小精悍确实很方便啊，只是有被踩死的风险。

期待着他的继续发展，未来充满光明。

甜甜的闪光弹与虐心台词纵横交织

盾妮相爱相杀

整部影片最大的一个矛盾就来自美国队长和钢铁侠。

他们曾经并肩作战生死与共，最初的分歧来自政治家们的私心和群众的恐慌。铁人因为那位黑人妇女的指责而愧怍不安，也导致了他后来立场的改变。《复仇者联盟》拯救世界为了和平，但万物不会皆完美，总得付出，这样才会均等。以前淡化了无辜群众的牺牲，但随着超能力者公开身份，有更多的家庭承担了一种痛苦，那就是亲友"被一整栋楼砸在身上"。

铁人想过弥补，但是时间只会淡化罪责而不会消化罪责。

所以他选择签署协约，这也是一种赎罪。

也因此，美国队长选择拒绝。因为他无法忍受Wanda带着镣铐被囚禁、备受侮辱的场景。从精神意义上来说，他拥有的是人文关怀和普世观。他可能是《复仇者联盟》里最没有能力的角色，没有超能力，也没有装备，他只是个普通人，擅长近身格斗，只有一个违反物理学的盾牌而已。但要知道，褪去超能力和盔甲后，钢铁侠、山姆，也不过是普通人而已。他悄悄关掉了指名道姓抨击

Wanda的新闻，真诚地说，是我没有发现他穿着防弹背心，不是你的错。这也是美国队长之所以成为领导者的原因吧。

恰好看到一篇谈领导者的文章，特此摘录一段。

新时代的领导者必须拥有两个层级的思维和性情。他们会挑选以一挡百的战友，充分发挥每个人的特长。他们还懂得建立起公平、公开且宽容的激励体制。这类领导者懂得赋权授能，他们在对抗外部或者体系内的压力时毫不畏惧，却对同伴抱以宽容的态度，支持鼓励同伴去发挥自己的能力。最关键的是，这类领导者心中的核心信念，就是要让同伴不畏惧失败。

完全就是对Captain赤裸裸的写照。

Robert Downey Jr.和Chris Evans（饰演钢铁侠和美国队长的演员）曾经把美国队长和钢铁侠的关系形容为一段婚姻：他们彼此相爱，却关系紧张。两人朝着同一个目标前进，但做事方式却截然不同。是非变得模糊，没有谁对谁错，这让他们很难达成共识。

于是，怀着各自认为正确的信念，Captain把那支笔还给了Tony，友谊的围墙开始掉落碎石瓦片。

其实个中原因确实不分对错。队长是新时代中的孤独者，《美国队长2》中，他苏醒后的孤独无措让人看了很心疼。他的思想是旧式的，遇到铁丝网自己当垫石让战友踩过去，他秉承着最原始最朴素的精神，悲悯，观照世界。他没有装备，只有一个盾；而妮妮是个天才，他选择剪断铁丝网，自如操纵科技，依靠Iron Man的盔甲。他们的观念不同，但都为了信仰前行，即使分崩离析也在所不辞。

中间过程比较复杂，是电影的一个小缺憾。后来的亮点是Zemo把他们引到风雪中的1991年，Bucky待过的地方。

仇恨会吞噬人。

充满仇恨的Zemo巧妙地运用这一点，钢铁侠亲眼看到至亲卑微地祈求，被Bucky打倒，摇摇晃晃，血肉模糊。Bucky利索地处理完后事，面色冷峻，毫不犹豫。

钢铁侠满脸泪痕地问队长，明知故问，但还是问，带着最后的希望。

Did you know it's he?

…I know.

队长一脸痛心，但还是选择说了实话。

此刻仿佛听到了钢铁侠内心小火苗熄灭的声音。

队长一遍遍重复着那不是Bucky，他只是被操纵、被利用、被控制，请你相信。但谁会相信呢？钢铁侠一定只会想，你是骗子，你在帮另一个混蛋圆场。

之前也有多次打斗，但美国队长冬兵和钢铁侠的战争，才是真正意义上的内战吧。

He is my friend.

So was I.

钢铁侠用了was，即过去式。

没有在机场时的愉悦，这里的基调真正黑暗到了谷底。三个人都像发疯了似的使劲地打。

分析对方作战模式。

分析完毕。

给我狠狠地打。

最残忍的不是死在敌人的枪口下，而是眼睁睁看着无条件信任的朋友背叛自己。

遍体鳞伤，一遍遍坠落，发狠了地打。钢铁侠情有可原，如果只是因为一句那不是Bucky，那他该找谁复仇？Bucky有一段晦暗的黑历史，他是无辜的人，但他的双手沾满了鲜血。妮妮也是凡人，他懂得失去至亲的痛苦。而Zemo也正是利用了这一点，因为他也体验过。

美国队长没有装备，被钢铁侠打得巨惨，他摇摇晃晃地站了起来，做出格斗的姿势。

I could do this all day.

似曾相识，《美国队长1》中他还没有成为Captain America，他只是Steve Rogers，那个身体羸弱的少年。他也是这样，但他也没有放弃，垃圾桶盖也可以当盾牌。就为了一种信念，他坚持着，做孤胆英雄。

不同的是，当时他对敌人，这次对的是昔日的朋友。

好像听到了友谊的小船轰然倾覆的声响。

Bucky又失去了手臂，搭着队长的肩一瘸一拐地离开了。

钢铁侠倒在地上。

My father made the shield. You don't deserve to use it.

不好意思，我又哭了。

盾牌被扔下了，在地上铮铮作响。背后是圣洁的雪山，地下是肮脏的血迹和破碎的机器零件。

盾冬相依相偎

美国队长和Bucky真的是谁也拆不散。毕竟从小玩到大，两个人加起来都要两百岁了，也确实是相依相偎，是彼此值得依靠的人了。

总结几个闪光弹：

1.叉骨倒下的时候说起了Bucky的事情，队长一下子面目怆然丧失理智，忘记了警惕叉骨的炸弹。

2.队长进了Bucky的屋子，翻看Bucky的笔记本，笔记本上赫然夹着自己的照片（其实我觉得当时队长的内心笑开了一座花园），回头就看到Bucky站在身后。

特种部队扔出炸弹，Bucky扔向队长，队长用盾盖住，一气呵成，行云流水，这么多年了默契还在。

3.检验Bucky身份的时候——

Your Mom's name is Sarah.

You have padded newspapers in your shoes.

Sam质疑，队长无条件相信，凭两句话。

4.队长和Peggy侄女的感情线发展，Bucky和Sam坐在旧式小轿车里后一脸欣慰和我懂你、干得漂亮的微笑。（其实Bucky的内心在滴血吧。）

5.队长徒手拉飞机（这一幕真的是全场沸腾）时，Bucky毫不犹豫地撞向他，但他还是义无反顾，凭一腔孤勇。

6.Bucky和队长同时掉进了水里，队长公主抱救了Bucky，呼应了《美国队长2》的结尾。

7.Bucky和美国队长走向1991年的基地，上电梯的时候互相对视。美国队长鼓励他，Bucky点点头。

8.Captain&Bucky vs Tony的时候，他和Bucky共用盾牌，默契满分。

9.美国队长拉起了Bucky，两人互相搀扶着离开，背后是伤痕累累失去反应的Tony。

10.两人碎碎念过去的事。

他可以为了Bucky放弃所有，Bucky维护着他们经历过的年少的故事，有太多美好的回忆。所以他们一直站在同一条战线上，他记得Bucky对他的情谊，不管别人怎么看，他记忆中的Bucky正直善良，在他孱弱的时候伸出援手，在他成名后真心地鼓掌祝贺，患难之中的，才是真朋友。他说过：Even when I had nothing, I had Bucky。

他们的感情套用13号特工在Peggy葬礼上说的，说这话的时候他看着队长的眼睛：在该让步的时候让步，不能让步的时候坚决不让。就算所有人都告诉你做的事情是对的，所有人都要你让开，你也要像一棵树一样牢牢坚守，然后看着他们的眼睛说：你让开。

他知道他和Bucky是对的，他知道人应该有尊严，所以他让所有人都让开。

幻视和猩红女巫

幻视只是机械生命体，但他努力地融入人类世界，努力地出"门"，努力地研究辣椒粉，只为了Wanda更开心一点。他做辣椒粉的那一段很甜，就像青涩的小伙子小心翼翼地想为意中人做点什么，尽管，他找错了辣椒粉。

CA和黑寡妇

黑寡妇是懂他的，葬礼结束后的一个拥抱，多次提醒队长退一步会更自由，但了解队长坚定的心意后又在机场牵制他人，放水让他离开。她不属于任何阵营，她经历过太多事。钢铁侠讽刺她"你是不是双面间谍当惯了"，她没有辩驳，她不需要辩驳，因为她懂得自己想要什么。所以她会保护自己，会审时度势。

复仇和放下的主题

黑豹莫名其妙地放下了仇恨，这点我觉得处理得有点仓促。
中西文化交织，关于仇恨的解读，电影显然还有欠缺，没有让这个主题更饱满。

但，一切都比想象的更好，鬼佬说这部片子具有史诗性意义。即使情节混乱，打斗莫名其妙，但好在队长还在，他的信仰还在，自由，正义，观照世界。只要队长还在，联盟还在，为了漫威都会义无反顾。在纷乱而嘈杂的世界里，存留一点火热澎湃的英雄情怀未尝不可。

Avengers,assemble!

会有那一天。我期待着。

十年一觉扬州梦 27
——《复仇者联盟3》观感

因为认知范围限制（完整追过的只有《复仇者联盟》这条线），当满屏幕充斥着银河护卫队的奇怪生物时，小小的脑子还是有点跟不上复杂的故事线。

整体来说观感有三。

第一，影片基调沉重而萧条。《复仇者联盟4》还没有见面，但是提前感觉到了告别的味道。而这一次面对的是比时间更强大的敌人。不可一世的英雄不会因为是主角永远无敌，这就是现实。

第二，超级大反派灭霸这个形象塑造得非常成功。这是我个人认为全片最出彩的地方，头一次居然为了一个逆天反派流泪。

第三，英雄的世纪同框。简直像重现死侍屠杀漫威宇宙，乱炖一气的魅力就在于混乱间，你会发现每个细节、每个表情背后都有无穷无尽的故事。作为一个旁观者追寻他们所有的生命轨迹，看着他们慢慢成长的过程实在是太好了。

这一次我看到了不一样的罗素兄弟。不过我照样准备寄刀片给导演，最后银幕上出现"THANOS WILL BE BACK"的时候，我差点破口大骂。

　　漫威兼顾营销和情怀的优势实在是DC没法企及的。致敬十年宇宙。致敬最后一次团聚的Avengers，也恭喜Chris在下一部完结以后，可以不再囿于《美国队长》的桎梏。

　　从影院出来回家的路上脑子里只有两个字——抉择。全片最受争议的抉择我总结了三处。

I'm sorry,little one

　　第一次是灭霸选择放弃卡魔拉。得到灵魂宝石的一个条件是要放弃最爱的人，卡魔拉含泪笑着说："你看，你千算万算都没有算到吧，你根本就没有爱，所以你注定得不到，也无法毁灭。"可我也千算万算没有算到，在灭霸没有感情只有屠戮的眼睛里，我居然看到了不忍和犹豫。卡魔拉是养女，可却是他在无情杀戮路途中的有情感的一部分，而这个部分恰恰是他心底最柔软的地方。灭霸并不是毫无感情的杀人机器，卡魔拉就是他唯一的软肋。正是因为这个有情的部分，让灭霸成了我最喜欢的反派。他和那些十恶不赦、杀人如麻的反派不一样，那些利己主义的坏蛋为的是征服和私欲，灭霸的执念和一意孤行居然只来自一个理想主义者为了达到宇宙平衡，被迫解决资源短缺问题。为了拿到灵魂宝石，他愿意为之付出最惨重的代价，只为了这么一个崇高又虚无的命题。灭霸推下卡魔拉后感受到真切的孤独，螳螂妹说她感受到他在哀悼，两个小细节都让我意识到，他不是完全意义上的反派，他身上背负的太多，身不由己。从一开始想锤爆紫薯精到后来的理解与包容，灭霸是本片中立体感最强的角色，他身上所展现的多面性应该也是罗素兄弟想尽力诠释的，我们每一个人都在观照灭霸的成长轨迹中获得了成长。

灭霸轻轻地推下卡魔拉，她坠入了万丈深渊。

灭霸流下了泪。

对不起，我的小宝贝。

滚吧，你这个死紫薯精

第二次是奎尔在千钧一发的时候毁掉了所有人的成果，导致功亏一篑。这是全片最受争议的一个部分，也是我觉得最最动人的一部分。在爱情和道义之间每个人会做出不一样的选择，无关对错，只关本心。有的盖世英雄根本不屑于世上任何束缚，也许他要的只有自由和快乐，他只在乎他在乎的，郭靖就是这样，天下盛名不会使他骄矜，只要蓉儿在就好。前几天看到一个梗，"能不能跟奇异博士学学，他预知了14000605个结局都没有骂星爵"。在成就全人类的事业上，星爵无疑是piece of shit。同场所有人都在那一刻轻声咒骂。但我想纵使时间倒流，他明知道自己要承担万千骂名，也依旧会选择在那一刻打爆面前紫薯精的狗头。理由很简单，只是为了爱。他爱卡魔拉，胜过爱一切。

这个理由，无比简单，却包含万千深情。

I just feel you

第三次是猩红女巫在幻视诚挚的注视和恳求下，还是忍痛毁掉心灵宝石。单手可以正面硬抗灭霸的除了雷神就是她吧，个人技满分。（漫威总是试图削弱她的个人技）但她太聪明也太善良，上天注定要从她身上夺走些什么。Wanda失去过一个最爱的人，这次天平还是没有倒向她。她多想保护啊，但因为幻视，因为承诺，她选择了成全。

"I just feel you."这是全天下最美的表白。

感谢幻视和小红，他们用生命诠释了爱的另一种意义。爱除了卿卿我我，白头到老，更是不顾一切地飞蛾扑火，两相成全。我们，来世再见。

Tell me what you feel.

I just feel you.

接下来是几处最精彩的地方和台词，包括让我秒哭和爆笑的。

毋庸置疑的高潮：雷神拿着暴风战斧重返地球的那一刻。锤哥的业务能力只有上限。败方最佳MVP。

泪点：

1.列车经过后，美国队长留着丑丑的大胡子出场

开场十分钟洛基倒下我没有哭，我相信他会回来。但是队长深情而又冷峻的出场实在是让人屏息。他一点都不厉害，注射血清之前只是一个孱弱的底层士兵，除了胸肌发达、贴身格斗的技能和容易坏的盾以外，没有任何必杀技，但他就是令人感到毫无来由的安心。他的唯一超能力就是Leading，让所有人放心。我太庆幸因为美国队长，我入了漫威的坑，他除了是那个会说"I could fight like this all day"的Steve Rogers，更是一种精神符号，所有人的信仰，代表正义的Captain America。他从来没有变，他一直都是那个挡住手雷永葆赤子之心的布鲁克林男孩。微博上网友说，在瓦坎达国土上作

战时，黑豹和美国队长冲在最前面，一个保护子民，一个保护挚友，他们都在保护世界。美国队长的身影冲进作战群贴身肉搏的时候，我的眼泪是一点一点流下来的，鼻腔酸涩胸口微堵。伟岸的身躯在面前的异形前不值一提，可是他就是那个孤胆英雄，那个一声令下可以跑得跟黑豹一样快的英雄，那个在幻视需要帮助时第一个冲过去保护他的英雄。他被灭霸打倒后挣扎着站起来，以凡人之躯如飞蛾扑火般地扑向灭霸，硬掰他的手套，灭霸最后打倒他用的是没戴手套的那只手。但无论如何，他是领袖和团魂，当之无愧的。因为美国队长，我会一直爱初代Avengers，他们是光，也是信仰。

地球现在不堪一击，我们是为它而战斗的。我们不拿性命做交换。

2.小蜘蛛倒在铁人怀里说着——

Please.I don't want to go.

Please...

然后化为尘埃。

经典画面怎么品都不为过。再次表扬荷兰弟的即兴表演。

Well done,boy.

3.美国队长和钢铁侠的感情线

The avengers broke up.

Who can find Vision?

Shit.Maybe Steve Rogers.

4.美国队长与Bucky的感情线

你怎么样Bucky？

就这样吧，反正都世界末日了。

（两人相视一笑一如初见。）

直到冬兵也倒下化为尘埃时，那个一直无比刚强的美国队长才擦擦汗，无力地感叹：

Oh,god.

5.格鲁特用手臂给暴风战斧做斧柄

6.瓦坎达大战

这会是瓦坎达的末日。

这也是人类历史上最悲壮的落幕。

梗：

1.铁人

很抱歉，今天地球打烊了。你们滚吧。

就是因为你，我们被困在这个太空甜甜圈里。

2.班纳

Come on Hulk，你在干啥啊，快出来啊浩克！

你去死吧，你这个绿色大混蛋，我自己来。

3.雷神×银河护卫队

这个不叫哥们，这叫爷们。

长相俊美，肌肉发达。

卡魔拉，是灭霸的女儿。

就是你父亲杀了我弟弟。

准确地说，是养女。

（拍拍卡魔拉的肩）家家有本难念的经。

奎尔，你是在模仿这位男神说话吗？

我没有。

你看，你果然故意压低声音了！

（德克拉特）我掌握了一种，可以保持长时间静止的能力。你看，我完全隐身了。

（螳螂）Hi 德克拉特！

（雷神）谢谢你，小暖兔。

最后总结一下。

《复仇者联盟3》让我看到了一个全新的漫威宇宙。英雄会变坏，坏蛋也挺可爱。这个宇宙里超级英雄不再刀枪不入，他们有自己的软肋和弱点，前仆后继献出生命。每一场都是恶战，每一场用一个字形容就是"惨"。我不喜欢这样的沉重，可这就是现实。之前看狼叔的时候也哭得稀里哗啦，留下一句：不仅美人怕迟暮，英雄也是。但这一次的格局更加辽阔，打破时间的限制，突破了生命的界限。

影院里出来的那一刻满脑子环绕的都是，Fuck u Marvel。

Whatever，感谢罗素兄弟，感谢漫威。

十年了。超级英雄们会永远鲜活，而我也期待着新的世界。

我们总是追寻在风中飘荡的答案，纵然它不太会尘埃落定。

浓雾森林 28

我走在那片浓雾森林里，前方的景物影影绰绰，一切模糊得看不真切，一切熟悉而又陌生。也许会迷失方向，但我会一直前行。

——题记

"你们有没有过……怎么说呢，这样一种……熟悉而又陌生的感觉？"

这是很多年前语文老师一个随口一说的命题。她当时在黑板上写字，犹豫良久，突然停下来，双目失焦："我感觉的生命就好像每三年一个轮回，给每一届学生讲同样的知识聊同样的人生，甚至用的梗都差不多。我刚才看着你们这一张张脸，明明每个人的名字我都烂熟于心，可就是觉得很陌生啊。"

所有人都愣住了。她一直是一个理性张狂的"中年少女"，可是刚才她说的话虽然一点都不刚强，却击中了我们心底从来没有人触碰过的柔软的地方。

"今天课不上了，每个人都想想吧，就当作业了。"

后来整个教室只剩下笔尖摩擦书页的声音，所有人都很认真，四十多个小脑瓜在同时思考生命的终极意义，空气里的气氛微妙而又安宁。

这段记忆早就遗失在了记忆深海，但每每从心底升腾起这种感觉时，我还是会想起那节不同寻常的语文课。自那以后，我头一次开始思考这个平凡而伟大的永恒命题。

熟悉的陌生感总会在某个普通的时刻油然而生，无论现实还是梦境——

始于漫步。从前住在小巷里，吃完饭天色渐晚的光景总会出门闲逛，和一群小伙伴叫叫嚷嚷，身后跟着不知从哪里来的猫猫狗狗。我们踩着湿漉漉的青石板蹦蹦跳跳，路过晚霞，路过蜻蜓，路过风。巷尾最深处的木工老爷爷是大家最熟悉的陌生人。老爷爷脸上的皱纹很深，面色如风吹雨打中的红铜，我们总站在他并不宽敞的店铺前，围观老爷爷做木工。夏天唯一的电器就是那台老旧的电扇，一转就咿呀响，风吹过后，铺子里充满了原木的清香。他不苟言笑，我们不敢跟他瞎侃，最多摆弄摆弄铺前几个憨态可掬的木制小动物。巷头巷尾拔起高楼以后便不见了他的身影。我回老屋探望过一次，新商家入驻，大张旗鼓地装修后店堂焕然一新，就好像这里一直是如此繁荣光亮。爷爷会老去，这段记忆也会变得陌生，但他温和的匠心却永远熟悉。

我看着这一小方土地，橱窗里的木制小动物依旧在朝我招手，一如多年前。

渐于旁观。路上无数行人行色匆匆，每个人都是一个意味深长的故事，每个人都走出了自己的节奏：孩童脚步轻快，不谙世事，无所拘束；学生步履沉重，面色蜡黄，勤勉辛劳；青年行色匆匆，意气风发，野心勃勃；老人闲庭信步，心无挂碍，超然自得。在旁观之间，我渐渐知晓了生命的规律，也许生命就是这样一个从无到有再到无的过程。少年时单纯可爱，蹦蹦跳跳，年龄渐长开始感到生命的艰难，步伐不免有些沉重，而年老力衰以后又看开生命，自此无所寄托，脚步稳健。街上的行人于我而言都是陌生人，但旁观中我看到了熟悉的影子，也许同样焦灼，也许同样坦然。

"二十年来万事同，今朝歧路忽西东。"我看似在旁观他们的生命轨迹，但同时也在观照自己的人生。

长于思考。长大以后，无论随笔还是习作，文章都从感性走向理性，从叙事抒情走向独立思辨，实在是可喜可贺。梦境也随之改变，从莺歌燕舞，阳光铺满视野，总是一派天真烂漫走向山川湖海，更加包容和广博，步伐平稳又安定。做某些事或到某些地方时，经常会有似曾相识的感觉，既熟悉又陌生的感觉。科学上的名词解释叫"暂忘形态"。就是在那个瞬间，你忘记了自己是谁。也许我一直都是我，也许我从来都不是我。从原点到终点，世间万物莫不相似。哲学意义的终极三问我还是没有办法回答，但自我思考的过程恰恰就是这个终极命题的魅力所在。每天睡前的最后一件事就是记下今天的思考历程，奇妙错综的过程中我渐渐认识了世界，找到了自己。

也许多年以后翻到这些记录，我会看着稚嫩的自己会心一笑，这个小姑娘还是熟悉的样貌，却跟现在的自己完全陌生，那种感觉会很奇妙。

直到如今我还是感谢语文老师那个漫不经心的命题，它第一次拨动了我心里的弦，在一个稚嫩的年纪思考超出年龄的问题。那节课结束以后她随手搜了搜英文翻译，惊喜地念出了一句动人的例句——

然而，这就好像是在大雾中遇见，现在雾已散去，没有了那种迷狂，我反而可以仔细端详熟悉而陌生的面孔。

当舟子站在渡口 29

心之何如，有似万丈迷津，遥亘千里，其中并无舟子可渡人。

——《送你一匹马》

同街上匆匆的行人一样，我低着头赶路。走在四平八稳的街道上，天色渐晚，看着路上暖黄色的灯火，不知怎么就忘记了前进的方向。不怎么温柔的晚风铺天盖地席卷而来，意识从炽热的柏油马路上腾空而起，飘飘荡荡，空空白白。

流云铺排出张扬的草书，十字街口前总是人潮汹涌，我渐渐感到喘不过气来。我不知道该选择哪个远方。红绿灯上的火柴人用沉默代替言说，他们总爱沉默。

我喜欢在明净的玻璃窗后看路上的行人，或汲汲或施施，每个人都有自己的节奏，神情各异，归途万千。爱恨矛盾无时无刻不交织在一起，松一口气转过一个十字路口，还有下一个，命运一次次声嘶力竭地逼迫我们做出抉择。即使没有哈姆雷特那么艰难，也足以让自己挣扎又动摇，本来平坦开阔的生命之路就因为这一次次的选择而变得波澜壮阔，跌宕起伏。

善良还是卑劣，丰富还是粗浅，理性还是暴戾，高贵还是庸俗，复仇还是不复仇，甚至生存还是毁灭？无数小人在不宽敞的头脑里热火朝天、艰难地作困兽之斗。

绝望地抱住头，余华轻轻地把阮海阔带到了我面前——

他身上背负着复仇的执念。父亲留下的遗物是一把九十九朵梅花的梅花剑，沾血一挥，剑上便留一朵梅花。手无缚鸡之力的弱冠少年武功不高，身形屡弱，就这样踏上了复仇之路。一切都像没有对齐的图纸：走入荒凉大道，偶遇黑针大侠，通往彼岸的桥恰好坍圮，扑朔迷离中仇人已去，但并非经他之手。轮回交错，阮海阔在命运的河流里沉沉浮浮，最终还是错过。他作为复仇者的形象出现，可间离的仇恨使他的形象游移不定，于是复仇的神圣性被进一步消解。

环绕着阮海阔的空气绝非杀气腾腾，而是淡而朦胧的。他的潜意识里复仇的定义模糊不清，他甚至于享受寻找仇人的漫游历程。"《鲜血梅花》是我文学经历中一段异想天开的旅程。"叙述在想象的催眠里前行，奇花和异草历历在目，霞光和云彩转瞬即逝。一切都像在梦游，所见所闻飘忽不定，人物命运来去无踪。这种无意识的漫游历程是极其动人的，相较于充满戾气的宝剑，阮海阔的迷茫给了他一层虚无的保护衣，并促使他完成自我意义的发现和救赎。

"父仇子报"经儒家权威认证其合法性后，深深扎根在每位国人的脑海里，在复仇和救赎的岔道口，所谓道德制约迫使他们急转弯，自我价值在角落中无所适从。但究其本源，复仇披着伦理的羊皮，实际却是一种压抑的释放和反抗。因此更多作家意识到了这种复仇模式的不合理性，并有意让复仇者走向了救赎之路的另一个渡口。由传统复仇伦理构建的大厦土崩瓦解，一切都开始解构。他们真诚地表达了一种人文关怀和对个体生存状态的阐释，即实现自我价值，完成自我的救赎。无论是鲁迅的《铸剑》还是汪曾祺的《复仇》，皆如此。复仇者的复仇之路充满缺憾但也有万分惊喜，与此同时更走出了一条破除陈规解放自我的救赎之路。

阮海阔坐在凉亭里面壁思索过去。重生，从迈出这个凉亭开始。他将面对下一段拥有自我人格的人生旅途，去寻找生命的终极意义。而这段救赎之路上的漫游，即使一无所获，也将满载而归。

天下熙熙攘攘，大家推推搡搡，因缘际会也好，分道扬镳也罢，一路走来我们就这样无数次面临十字路口的抉择，奔赴在自我救赎的道路上，推动生命浩浩荡荡地向前。我们每个人又何尝不是挣扎在救赎之路上呢？"我感到这路，是中国一个小小的缩影，走着一代人的彷徨和无奈。"荆棘满布、泥泞疮痍的路上，潘多拉魔盒里的愤懑不甘，嫉妒与怨恨都在不断地牵扯着我们。来到这个世界的我们赤裸裸，但体制和时代给每个自由人都上了套，心盲也是心茫，看不清自己。或陷入沼泽或自甘沉沦，只有极少数人认识自我，放下自我，又重新拥抱自我，完成救赎，到达灵魂彼岸。

　　词典里对"救赎"的解释是"冲破环境以及经历所给予的无形的禁锢"，也即挣脱所谓命运。李安说，每个人心中都有一座断背山。同理，我们每个人心中也都有一座肖申克监狱。它束缚着我们，无论肉体还是灵魂。我们看似适应社会，但个体早已被同化。与世界格格不入的棱角被抚平，活得越来越契合社会。

　　弗洛伊德把人分为原我、本我和超我。原我控制下兽性失控，原我顺应社会约束即为本我，而精神意义上的通达为超我。在暗夜里闪着沉重银光的机器张牙舞爪地大肆入侵，求同文化大刀阔斧，对个体差异进行了无选择性的残忍杀戮。沉默着的大多数自原始社会后早已脱离原我状态，但大环境下的真正自我很难保全。

　　太宰治在《人间失格》中曾发出悲呼："本来诉之于人就是徒劳无益的。所以我依旧对真实的事件一言不发，默默忍耐着除了继续扮演滑稽逗笑角色之外已经别无选择。"失格的人间里没有他的容身之地，但还有更多渴望救赎的个体前仆后继地跨过生命的荒原，他们在泥沼里艰难呼吸，努力探出头来寻找那道叫救赎的屏障。

渡口前空无一人，舟子就是自己。放下和悲悯，这就是自渡。

我还站在十字路口，眼前的一切似乎都蒙上了水汽。天色暗淡下来，零星的灯火爬上窗户，脚步在瞬息万变的光影中移动。我一会望望涌动的车流，一会望望归家心切的人们，没有注意到远处的天空居然浮现出了多日不见的云朵，晚风依旧和煦舒朗，小路旁浓郁的绿叶依旧摇荡出平静的唰唰声。

心之何如，有似万丈迷津，遥亘千里，其中并无舟子可渡人。

除了自渡，他人爱莫能助。

起风了 30

昔风不起，唯有努力生存。

——宫崎骏安静的反战作品《起风了》台词

菜穗子与二郎初见是在一个大风天。他的帽子被风卷走，她递过帽子说"起风了"。二郎微笑着答，唯有努力生存。是瓦雷里《海滨墓园》里的句子——

"透过松林和坟丛／平静的房顶上白鸽荡漾"。

朴素如流水般的场景，却如昔风脉脉，诉说着老人对于战争的抵制和抗拒。

而在半个世纪之前，鲍勃·迪伦也用同样文学性的方式提出了抗议，如砂纸般的嗓音里饱含愤懑和悲悯。听到这首歌就会想起《阿甘正传》里珍妮抱着那把大吉他唱：答案／我的朋友／在风中飘荡。

脸上有着与年龄不符的迷惘和沧桑。

鲍勃所经历的动荡年代已经消逝在历史的余风中，但如今我们面对的，是一场没有硝烟的战争。以史为鉴，居安思危；太平盛世，更是暗流涌动。信息爆炸，人心浮躁。叩开新世纪大门的是一把光芒四射同时也寒意凛凛的双刃剑。时代到来，第三次工业革命卷起无形的尘土，遮蔽了人类的灵魂。

人工智能入侵生活。它对人类的潜在威胁可谓不可估量：自主杀人，武器失控，经济破坏，甚至形成与人类冲突的自我意志。2016年杭州云栖大会上展出了许多智能机器人，我和它大眼瞪小眼，它像人类一样撒娇生气，唱唱跳跳，我一感新奇，二觉无力。当机器学会思考，拥有超越人类基因的复制能力和学习水平时，我们的命运会不会终结在自己手里？

现代技术影响文化。电影织梦者斯皮尔伯格曾说，技术会妨碍两个演员之间的情感通联。他皱了皱眉："技术是用来锦上添花的，反过来没戏。"好莱坞的爆米花片总是充斥着飞车流弹，激烈的打斗场面致使观众的肾上腺素急速升高。我们有多久没有在日光澄和、风物闲美的午后，就着阳光和风声，欣赏一部真正有思考力的电影了？

互联网＋重构教育。互联网教育时代，信息工作者们更多着眼于技术开发而非教育本身。教育产业化，利益才是他们根本的经营目的，所谓技术革新重构模式只是换汤不换药。反观市场，搜题软件已经让学生们忘记初心，答案凌驾于解题思路和方法之上。"吾爱吾师，吾更爱真理。"我们难道都忘记亚里士多德千年之前的箴言了吗？

看似阳光依旧，生活一成不变，万物生命轮回周而复始，但无形之间，未来的强大科技力量已经在悄无声息地蚕食着人类，蚕食着最原始的生存环境和最古老的精神力量。佛说，大音希声，大象无形，最具有控制力的力量，也最容易被忽视。我们虽没有忽视，但仍漠然置之。

英语里有个说法叫culture shock，即文化震撼。这是现代文明和传统文明的碰撞，费孝通所说的乡土社会已渐行渐远。

打字取代手写，我们失去了形美为上的中国汉字书法；邮件取代书信，我们失去了等待的耐心和一切都慢的生活姿态；电子书取代纸质书，我们失去了指尖与纸张摩挲的触感和灵感来袭时书页上的随时记录。物欲横流，文化失踪。诸如此类的担忧不胜枚举。

互联网的身影模模糊糊，却又满含杀气地向我们走来，它所向披靡无往不胜。个体和集体都被裹挟，束手就擒。从家用机器人到

VR技术，从扫码支付到刷脸支付，新技术层出不穷，步步紧逼。人类之所以惧怕黑夜是因为黑夜代表未知，而信息时代的未来似乎也深不可测。我最怕得到的答案是，它没有边界。

答案乱如风中散发，飘飘扬扬兜兜转转，就像阳光下的尘土，看似在落，却永远落不下来。它何曾不想着陆，去拥抱黄土地，去聆听风中的虫鸣，去感受盛夏树叶的呢喃呢。可惜我们视而不见，见而不觉，觉而不思，从而麻木不仁，成为鲁迅眼里冷漠的看客。

天下兴亡，匹夫有责。我们总以这个理由堂而皇之地拒绝承担属于我们的那份责任与担当。为何不像台湾那位校长高震东一样大声回答："天下兴亡，我的责任！"

苇岸是一位有着自然脉搏的作家，他说文学缺少"与万物荣辱与共的灵魂"。我们被迫上了贼船，登上了现代文明的巨轮。他恐惧新世纪的到来，抱憾在20世纪的末尾离开，留下孑然寂寥的背影守望大地。万物都值得在颤抖中被拥抱，他与自然相伴一生，他就像一座灯塔，黑暗中或明或暗，喃喃着——勿忘初心，警惕前方强大的文明！人类灵魂本是相互孤立的，唯一能与生命有联系的就是自然和文明，可这也在历史的洪流中默默消殒。

拾起在风中飘荡的答案碎片，当我们走到一起，会拼凑出一只青鸟，一树梧桐，一片麦苗，一条通往未来的泥土味道的田垄，一幕不再因工厂浓烟而迷蒙的澄净天色。

二郎入梦，菜穗子在风中向他走来，美如昔日不可方物，说着"你要好好活下去"。他笑着说，我会的。

起风了。

答案，不会再在风中飘荡。

守望者在寻根 31

鱼对水说，你看不到我的眼泪，因为我在水里；水说，我能感觉到你的眼泪，因为你在我心里。

——*J.D.塞林格《麦田里的守望者》*

霜降木落，新桐初引。季节轮回间过着一成不变的生活，日子如流水般淙淙而过，关于故地的记忆也早已消散在风中。

阳台上挂着五颜六色的衣服，在和风里摇摆如浮萍，似乎总不安定。鲜有的闲暇时刻，托着下巴站在窗口，阳光慵懒，视线逐渐模糊。空气里熟悉的味道飘飘摇摇，鼻尖发涩，遥远的记忆扑面而来。

冬至后第一百零八天，清明之际是野味马兰头的盛宴。泥泞的黄土地旁，百草丛生的田野里，隐在晨雾中的山上，到处都是马兰头清瘦的身影。和伙伴带着剪子与布兜挑菜，回家凉拌。带点青草味，是独属于清明的惆怅。这愁淡而朦胧，也"不可避免地勾起一点乡愁"。

　　偏僻的边陲小镇里，保留着最古老的生活习俗，日出而作，日落而息，吃山靠山，守望大地；守护着人类最原始的情感，邻里互助，情感真挚。夏夜，踩着自行车在山谷里穿行，人力发电的尾灯在夜空里忽明忽暗，早早地把竹板床抬到院子里，一大家子漫无目的地谈天说地。

　　摩托车突然启动的声音中止了我的回忆。头脑一热，跑到菜场买马兰头。菜场里阿婆的摊子上，马兰头占很小的摊位。叶子不肥，原来是人工种植的。

　　呆呆地站在风里，突然有点怅然若失。

　　费孝通在《乡土中国》里提到，中国社会是乡土性的。我们逃不开土地，因为它是我们的精神之根。可是信息全球化的大背景下，我们似乎丢失了信仰。

　　大地是农人的心灵家园，而信仰失落是现代人的通病。也许因为浮躁空虚，所以漠视信仰，也许因为信仰太多，所以轻视信仰。街上的行人总是步履不停，行色匆匆。他们忘记了记忆深海里土房上升起的炊烟，母亲小心翼翼的呼唤；赤脚踩在田埂上的踏实感，空气里泥土和甲虫的气味；妇女们临河洗衣服的身影和伙伴们下水摸的一竹篮一竹篮螺蛳；冬日大黄狗卧在门前打鼾。还有如同汪曾祺所说的那种感觉：夏日，西瓜以绳络悬之井中，下午剖食，一刀下去，喀嚓有声，凉气四溢，连眼睛都是凉的。

"稻草人的失落，守望在绿野麦田。"

满眼麦苗把我的思绪填得满满当当，稻草人孤单地在风中摇摆，是它的失落，更是我的怅惘。寻根的守望者更像是在大地上拾荒，在时光的长河里翻翻拣拣，试图找回已经老去的记忆。

守望者在寻根，精神家园里的精神之根，带给我们历史长河中永不磨灭的精神力量。期待有更多的守望者一同寻根，找回乡愁，找回传统，找回文化，华夏永恒的乡土文化。

当我们一同踏上回归田园的道路，会听到鸟鸣风和，会看到四季变迁，会知晓守望者们，正在寻根。

霍尔顿说他只想做麦田里的守望者，守望孩子们的童真初心；而我愿意做大地上的守望者，守望现代人的精神之根。

守望者对大地说，你看不到我的孤独，因为太多人背叛了土地；大地回答，我能感觉到你的灵魂，因为我永远是你们的根。

取舍 32

如果我不曾见过太阳／我本可以忍受黑暗／然而阳光已使我的荒凉／成为新的荒凉

——狄金森

第三次工业革命席卷全球，满身戾气，所向披靡。一切物质都变得透明清晰，打上了数字化、信息化的烙印。

我们迎来了狄更斯的那个最好也最坏的时代。科技进步，新生事物层出不穷，云栖大会上展出的人工智能机器人也令人叹为观止。信息时代，联系人类与世界的纽带就是信息，清晨读报，午间广播，傍晚新闻，闲暇之余浏览朋友圈，工作日程少不了电脑这样重要的媒介。

我们被包裹在异彩纷呈的信息世界里，从主动选择到被迫接受，一股不可抗拒的力量兴风作浪。激荡三十年，最终还是走到了信息爆炸、视听堵塞的这一天，街上行人行色匆匆，步履不停。

诚然，这是一个伟大的时代，现代文明给予我们前所未有的福祉与物质享受，生活与世界似乎驱散了阴霾。但它又是一把光芒四射、寒意凛凛的双刃剑，现代文明带来的文化震撼也不可忽视。碎片化阅读下，我们不知如何对信息进行再处理，也逐渐失去了自主判断与独立思考的能力。

毕飞宇早就提出他的担忧，现代人最可怕的一点就是二元论，非黑即白，极易被舆论导向蒙蔽，中华血脉里的思辨传统一点点被销蚀。

我们无法拒绝新时代，社会进程如逆水行舟，不进则退，但请记得在这个喧嚣的时代学会取舍，筛选信息，保持清醒，守一方净土和安宁。

狄金森害怕世界，正如苇岸恐惧新世纪的到来，他们同时选择逃避，一个封闭了自我，一个献身于自然。从某种意义上来说，狄金森的伟大在于她保持了思维独立和灵魂的纯粹性，在社会浪潮中没有被旁人左右，坚持了自己的清高与寂寞。生而为人，她的肉体和灵魂都很完整。

我不赞成狄金森的逃避与厌世，歌德说过"要我指点四周风景，你首先要爬上屋顶"，她只有诗，却少了远方。她缺少认识世界的能力与眼界，这不得不说是一种缺憾。但在这个信仰失落的时代，取简舍繁，取静舍噪，也是一种人生哲学。

全盘接受抑或全面抵制都是懦夫所为，学会取舍并保持人格与灵魂的独立才应当是合理的生命姿态。

霍金先生的那句话仍然是历史长河中永恒的灯塔："这是一个美好也充满不确定性的世界，未来的路等待你们开创。"

只有见过太阳才懂得享受黑暗，前方的路就不会黑暗。

留个"芯"眼 33

这个世界充满着危险和不确定，同时也可以变得温存和美好，未来是你们的。

——霍金

信息时代的大环境下科技革命越演越烈，没有硝烟没有战书，但大国之间的战争已一触即发。

继出台《台湾旅游法》后，特朗普政府又使出了一记寒光凛凛的拳术，打得中兴企业头晕目眩。美方大言不惭地表示："中兴违约在先，泄露技术给伊朗，裁员人数也不达标，只好采取强制措施制裁。"这又占据了道德制高点。

整个中国的信息世界都像砧板上的鱼和肉，头顶上悬着硅谷的菜刀，不知何时会落下。严峻的形势给每位国人敲响了警钟——核心技术（芯片）的命脉掌握在他国手中，我们看似主导着市场贸易份额，但关健的芯片技术却不在自己的手中，系统被苹果和

Windows垄断，只要一声令下切断供应，谁也不敢想象崩盘的中关村会是怎样无助凄凉。

"科技是第一生产力。"我们走得很快很急，却没想到求稳求远。新兴企业如雨后春笋，但大多浮躁功利，以强大的资本换取核心技术，短时奏效，但长远来看却丧失了自主研发的能力和科技创新的精神。社会发展，现代中国人已经脱离了缺心眼的状态，但是否有人考虑过膨胀产业中缺失"芯"眼的技术呢？

泱泱中华越过千年历史风尘，从贫瘠到优渥，从卑微到富饶，东方巨龙已经觉醒，我们不仅要大更要强。在从科技大国迈向科技强国的路上，我们应当留个"芯"眼，把核心技术掌握在自己手里，而非受制于人。这样脚步会更有力，脊背会更直挺。

"中兴危机"给予国人许多启迪，概括一下，有三点：其一，注重原创。企业及政府应将重心转移到技术开发领域，华为正因为有芯片研发能力而屹立不倒，这也体现了任正非的深谋远虑。核心技术是利矛更是盾牌。其二，人才培养。众多小微企业陷入了市场换技术的泥潭中，只顾眼前利益，忽视长远威胁，而唯一的出路就是从资金密集型模式转向技术人才密集型模式。人才是最坚实的防弹衣。其三，深耕发展。信息时代给予每个人快速成长的机会，发展更加容易，机会层出不穷，可因此大多数人的思考流于扁平化，关注广度却放弃深度。广为通才，三脚猫耳；深为专才，方能长远。这种深耕的创业态度是构筑国家实力的一道强劲壁垒。

未来的局势依旧扑朔迷离，没有人可以预知前路如何，但我们能做的，是在深一脚浅一脚中摸准每一块石头，如此方能渡过每一条河，到达彼岸。

信息时代暗流涌动，周围的一切是机遇也是变数，霍金先生说了"未来属于你们"。留个"芯"眼，大步向前，这片承载着国人汗水和希冀的沃土一定会走进最灿烂的阳光里。

留一亩三分田 34

　　清晨早起，习惯性地打开微博，美食博主今天又准备了精致的爱心早餐；午后小憩，国外度假的朋友又更新了朋友圈动态，满屏的蓝天碧海；入睡之前，几位美女又分享了近日吃过的米其林三星店和杭州大厦的购物清单。

　　生活就这样日复一日地缓缓流淌，我被裹挟在这些晒客的文字和照片的洪流里向前。也许是因为人生来就有窥视他人的欲望和不知因何而起的强烈好奇心，尽管我在这些密集的信息中喘不过气来，但还是每一条都乖乖点赞。他们善于分享，我们乐于接受，他们渴望得到社会认同，我们好奇另一种生命轨迹，两相呼应，岂不快哉！

　　然而因为技术故障，我过了相当长一段与外界的信息交流中断的日子。我以为会错过天大的事件，最初几日诚惶诚恐，可是生活并没有抛下我。不用再贡献出碎片时间，生活反而更加系而完整，在自己小小世界里安静耕耘，充实而快乐。晒客们从来不缺少追随者，少我一个的同时又会多出许许多多个。

近日犯罪团伙的诈骗方向又转向了晒客，"高精尖分析型人才"可以从定位中获知行踪，从背景中获知位置，瞄准目标后准确出击。小有名气的网红少女每日下楼丢垃圾后，大叔就从废纸堆里外卖盒上获得了姑娘的姓名、电话、房号，从包裹里获知了姑娘的性情喜好，最后网红少女人财两空。看看层出不穷的晒客们依然孜孜不倦地告诉全世界自己的私人生活，我不禁为他们捏一把汗。

他们以为晒出账单可以满足虚荣心，殊不知轻易就落入了不法分子的陷阱；他们以为畅所欲言就是正直率真，殊不知触犯了多少不该逾越的底线。他们乐于把整个人生剖开来供人观赏，却不知博得的关注有太多的敷衍，而这恰恰是内心自卑、虚无的体现。

把生活过得太满不是一件好事。就如同留白哲学，在社交场所中应该给自己留一亩三分田的余地，给自己一个喘息的空间。利用这空当去充盈自己的灵魂，这比花更多时间修图，夜半无病呻吟博得一点关注和几条评论更有价值。

分享私人生活是为了记录和纪念生活，而非为了炫耀生活。我们不能把晒客现象完全归咎于互联网时代发展的弊端，但在花花世界中静守己心实在难能可贵。

不要干了杨绛先生的这碗鸡汤　35

很疯狂，真的很疯狂。

朋友圈里杨绛老人逝世的消息刷屏。屠夫、农人、高知、白领都在悼念。

高明些，有这样的：

"最贤的妻，最才的女，走好。"

"悲恸！"

还有转载链接的：

"回顾老人的一生……"

"我们仨终于在一起了……"

再次，还有这样的：

"为什么是先生？不是女的吗？"

"这就是钱锺书夫人？！钱锺书又是谁？"

形形色色，乍一看还以为他们通晓先生所有的作品甚至知道旁亲家世，从古至今无不了解。他们换上一副悲痛的面具写着各种各样缅怀的文章，浩浩荡荡地悼念先生的离世。

　　我在想，每十个人当中，到底有多少人真正了解和认识杨绛老先生呢。想必认识她大多在语文课本上，先生写的《老王》，抑或是刷遍朋友圈的《我们仨》。

　　这一阵风，暴露了太多太多的无知和可笑。在这些悼文中，你会发现一段引用频率很高的话语——

　　"我们曾如此渴望命运的波澜，到最后才发现，人生最曼妙的风景，竟是内心的淡定和从容。我们曾如此期盼外界的认可，到最后才知道，世界是自己的，与他人毫无关系。"

　　是不是很"鸡汤"、很"治愈"？是不是很符合杨绛先生的文风？

　　可是很陌生。不好意思，此非先生之作。至于网上所谓亲笔，则是某知名人物的手写。

　　从内容到文字，都假得彻头彻尾。

　　不要干了杨绛先生的这碗鸡汤，这根本就不是先生熬的啊。朋友圈里、网络上似乎都在转着这一段话，痛心疾首。大老粗也是，小文青也是，配图井柏然的手写微博，瞬间提升了一个档次。

　　拜托，就算要悼念老人也要先了解清楚，认认真真读一读先生的作品再发表评论，从百度上、微博上复制粘贴有何意义？以为自己攀上了高枝拥有了文青气质，可没想到无辜地成了跟风游戏中的牺牲品。

先生说过，去世后等她火化了再发讣告。

所以，就让她安安静静地走吧。这样的风，跟不得。

一次考试考到卡尔维诺的特丽莎，考场出来大家都蒙了。浅层的意思是盲从和跟风，少有人答出来。我曾经安慰自己，无知者无罪。可大多数人表现出来的态度远非如此，不是不改正，而是根本就不知道自己的错误。

看他们现在一副伤心欲绝的表情，过了一段时间也许又刷回了集赞打折、吃喝玩乐、鸡汤实用文的朋友圈。（若戳到了痛处，请谅解。）

那我现在写这篇文章，是不是也算在跟风呢？

先生一路走好，一路安宁。

当我在上选修课时我在想什么 36

　　这个学期没赶上秒杀选修课的时间，匆忙间随意选了一门。老师很和善，举手投足间流露出的气质都很像贡院图书馆前的那面温和寡言的石墙。不记得是哪个老师说过，那一隅土地上的建筑曾经被推倒，每一块砖上都刻下了记号，重修之后这面墙不是从前那面墙了，但总归还是这面墙。我不禁为这种态度拍案叫好。

　　周末闲来无事，翻了翻《南方周末》，第一页赫然是毕飞宇的一面愁容。他皱着眉，有不甘、有迷惑、有不解、有担忧。如果允许，我愿意给这张人像命名为"高知的普世与悲悯"。再通俗一些，可权当表情包，虽然可能没什么机会可以用到。他说他2015年8月开始学会用手机，保证了跟大洋彼岸的儿子每天顺利联系，但也因此失去了抽空翻书、喝茶、看电视的日子。

　　我记得倪匡也是这样的。之前我权当是一种姿态，直到有越来越多的公众知识分子都这么生活。

　　毕飞宇担忧的是现代人对待世界的"二元论"态度，即非黑即白。我对你错，我错你对，兵戎相见，刀剑往来。这种思维惯性极其狭隘，我们失去了理性思考的能力，这直接导致我们越来越趋向于原始人的生活方式。

要知道，人类之所以自诩为高级动物，是因为我们会思考啊。

再扯回来，毕飞宇老师最扎心的一句话：

我赞美汪曾祺和沈从文，但我不想成为他们。他们太闲适了。我更偏向鲁迅，有力量，有丰沛的情感，同时兼有理性。

老师说，你不可以只喜欢一个作家。可我就是止不住地盲目崇拜汪曾祺（还是先从沈从文开始，但更喜欢汪曾祺），有点惶恐，但也安心。

这一下子就打碎了我的一切美好期待。

回到第一节选修课上，老师给我们发了汪国真的作品，大致是关于等待的。

老师说，你上课可以睡觉，可以做作业，可以发呆，想听就听，觉得有益的你就听，觉得无益的你可以不听。

我一边刷着数学题，一边浏览全文，从中挑了三个有意思的句子，就扔在一边。

开火车轮流谈感受，我笑笑，念了三个句子后说："这么说可能有点冒犯，但我觉得除了那三个句子，剩下的有点幼稚。"

　　老师脸上的表情有点松动，就好像童年偶像被击碎了一样。"有点幼稚啊，哈哈，有点幼稚。我们那个年代的人都很喜欢他的。"

　　我尴尬地咧了咧嘴，坐了下来。

博览通达 纯熟精专 37

理想中的学者，既能博大，又能精深。博大的方面，是它的旁搜博览；精深的方面，是他的专门学问。博大的几乎要无所不知，精深的几乎要唯他独尊。

——胡适

以往的早晨空气清明，草和蜘蛛网上都结着露水。过午写大字一张，读古文一篇。傍晚搬来竹床置于天井，横七竖八一躺，浑身爽快，暑气全消。

而现在我们不这么过日子了。信息爆炸的时代，讯息如雪球般滚滚而来。我们应接不暇，继而不知所措。我的每一天负荷满满，日子过得紧张无比。收音机滚动播报的早间新闻被消化在了吐司和牛奶里；中午，伴着书桌上快报的油墨味沉沉入睡；地铁里，下班族在低头刷着不间断更新的微博头条。

步履匆匆，深陷庸碌，现代人们的日常被包裹在奔流不息的洪流里，似乎只要一刻脱离，我们就会错过刚刚更新换代的新词或社会热点，被周遭更着急迈步向前的人们丢下，丢在所谓过时的历史浪潮里。

因为害怕和惶恐，我们接受和盲从，被同化也恰恰被异化。被迫耳听六路眼观八方的我们看似博览天下，但往往浅尝辄止，早就失却了真正的熟读精神。未系统化的熟读，只不过是读了而已。发展使社会趋向低智，荒芜时代保持独立人格和自主灵魂，理性分析、整合错综的信息便显得尤为可贵，否则所接受的任何讯息都只不过是流于表面的水平化理解罢了。

博览群书出自读书破万卷，但杜工部之意本在于博是精的基础。袁枚在《随园诗话》中也做出了解释，"盖破其卷，取其神，非囫囵用其糟粕也"。悲哀的是，"破万卷"的广度被滥用。信息化成为冠冕堂皇的借口，"贵多不贵精""知识扁平化"成为主流，求实问道的熟读精神和深度思考能力渐渐成了风中的余香。

放之四海，广取各方与深度思考的矛盾关系，恰恰与古人论读书的"博览与熟读"精神有着相通之处。

古今中外论读书，大致都不外专精与博览两个途径。毕飞宇哀叹现代人总陷于二元论，非黑即白，我也不大赞成二者非得你死我活决出胜负，究其根本，二者本就同根同源，相辅相成。

　　诚如朱熹言，博与熟并不矛盾，从博到熟是一个由浅入深由表及里的过程。"大抵观书先须熟读，使其言皆若出于吾口；继以精思，使其义皆若出于吾心，然后可以有得尔。"诚然，若要博观，首应识精。

　　古人读书之法也是做人之道，他们由此阅人入世，体悟性灵。这套循序渐进的读法对急于求成的现代人而言，也许更为金贵。钱穆先生言："读书有毕业之期，做人方至死才已。"贯彻博览熟读之大精神，亦是为了修齐治平。

　　可叹，这种寻根求实、知山闻道的博览熟读精神在现代文明的冲击下已慢慢被遗忘，在历史里被磨卷得发白，泛黄，蒙尘。

　　试问古今中外各领域集大成者，何者不是以匠人之心严谨治学？一生悬命只做天妇罗的料理之神早乙女哲哉，"择一事，终一生"的故宫文物修复师，"站在自然科学与人文交界处"的乔布斯，不胜枚举，他们都代表着同一种精神——博览通达，纯熟精专。

　　泛舟四海纵情博览，决不拘泥，而一旦工于本业便精深求索，熟读苦学。在某一行业做到极致，便是荀子所言的"好一则博"了。

可惜匠人精神在媒体舆论的误导下被滥用，成为时兴的流行文化。它成了某项技术顶峰的代名词，却鲜有真知其意的公众。日本木匠秋山利辉曾言：匠心，即做人。一流的匠人，人品重于技术。无论读书做事，博览与熟读的精神，归根到底还是做人。

如今我们已进入后工业时代，农耕时代遗留下的不符社会需求的手艺人渐渐淡出视线，但，精神永不消逝。

"这种学者，对社会是极有用的人才，对自己也能充分享受人生的趣味。"

为此，他们穷竭一生。

第五辑

一草一木总关情

不近人情，举足尽是危机；不体物情，一生俱成梦境。

——弘一法师

俗事风雅 38

今天语文课上我们谈的是风俗。契机源于外国小说读本上的一篇文章《安东诺夫卡苹果》。老师让我们随便谈谈想法，大家沉默了一会儿。除了看起来热热闹闹，我好像真看不出什么特别的深意，粗俗之中见美好而已。老师笑了。你们当然看不出什么深意，这篇文章本来就没有什么深意，只是简单的对过去的追忆而已，或者说，对老去时光的凭吊，对已经逝去而又无法挽回事物的一种缅怀，用俩字概括就是"伤逝"。

谈及古今，纵使主题天南海北，作家国籍各不相同，但很多文学作品都不约而同地表达了这种复杂的情感。阿城在谈《红楼梦》时提到，中文里的颓废，是先要有物质、文化的底子的，在这底子上沉溺，养成敏感乃至大废不起，精致到欲语无言，赏心悦目把玩终日却涕泪忽至。《红楼梦》的颓废就是由此发展起来的，最后是"落了个白茫茫大地真干净"，可见原来并非是白茫茫大地。

阿城说他讨厌文学作品有股腔（这里引用木心先生的妙语：先是有文艺，后来有了文艺腔，后来文艺没有了，只剩下腔，再后来腔也没有了，文艺是早就没有了），以寻根文学为代表，但此文学又撞开了世俗文学的大门，由汪曾祺的《受戒》悄悄打开。

风俗是贴近人们生活的，唯有这样才普世，才不过于形而上。风俗风俗，人人可见可观可感，而老汪赋予其文化意味后，风俗就成了风雅的俗事。陈童老师给我们读了《祁茂顺》。这个本来身怀绝技的民俗"艺术家"迫于生计，改行做了蹬三轮车的师傅。表达一直是隐忍而克制的，他从不会揪着你的脖子大喊，在这里你应该痛哭流涕，在这里你应该放声大笑，而是在光线阴暗的角落轻轻叹一口气，听见的人就听见了，没听见的也就作罢。毕竟，民俗的式微谁也无法挽回。

"金四爷他过过豪华的日子，再也不能摆贝勒的谱，有麻酱面他就知足。——不过他吃一碟水疙瘩还得切得像头发丝那么细。"

陈童老师读到这感慨，现在的饭店都把咸菜切得很粗，这真是礼崩乐坏。不记得是哪位作家写过，下放期间蹲监狱，因为大家都同情他，所以也并不觉得苦，唯一没有尊严的时候就是吃饭，咸菜粗大得没法用筷子夹，只好用手抓。他每每一回想自己一手拿着窝窝头一手抓咸菜的样子，就真实地觉得自己是个犯人，而不是个人。他不能像一个人一样吃饭。

我抬头看看四周，仍有好些人埋头一刻不停地刷着题。

这难道不是一种礼崩乐坏的表现吗？

我感到深深的无力。

我曾经读过写袁世凯的大公子袁克定的文章，兵败如山倒后袁克定落到了穷困潦倒的地步，只能靠仆人蒸窝窝头捡白菜度日。即使如此，他仍不改秉性，颈戴餐巾端坐着，用刀将窝窝头切成片，不时用叉子扎两根咸菜。"真是一副老绅士的风范。"

"酥鱼？可着北京，现在大概都找不出一碟酥鱼！"

大家不以为然，酥鱼而已，偌大一个北京城怎么找不出？

老师摆摆手，这可不是你们想象中的酥鱼，反正是没有了的。

汪曾祺最后以"很难说得清他的话是什么意思"作结，戛然而止。

我感受到他那长吁一口的气终于落下，在阴影中浮尘四处飞舞。

清明与马兰 39

　　明天是冬至后第一百零八天，恍然又到清明。"清明"这两个字清爽干净，清风拂面，明月澄和，风物闲美。不是艳阳天，但湿漉漉的日子反倒更符清明的气质。可惜没有应情之景，东坡的淡梨青柳一直在记忆里飞扬。初中校长说过，清明总应扫墓、踏青。就这么一路走到永嘉。

　　清明前后，下着点小雨的日子，是马兰生长的季节。

　　"马兰"是这种草（也是野菜）好听一些的名字，通俗的称呼是"马兰头"。名字的来源也很有趣。

　　偶读王磐《野菜谱》，古时叫"马拦头"。田边丛生，雨水丰沛的节气里唰唰疯长，阻碍了马儿前行，民谣吟："马拦头，拦路生，我为拔之容马行……"但《本草纲目》却说，其叶似兰而大，民间称物之大者为"马"。

　　永嘉的山地间，一到春天就是马兰的天地。扬起飞尘的大马路边，作物或杂草丛生的田野里，隐在晨雾中的山上，到处都是。马兰样貌极普通，青葱的草色，甘于平凡的杂草样，老人们都说其性味甘凉，清热解毒。

那时，妈妈还小。

三四月湿淋淋的天气，常和小伙伴们跑去山上挑马兰头。这种草太常见，每家都会让孩子去挑。每个人带着剪子、竹篮或小布兜，吵闹着上了山。马兰头都是丛生，一堆堆热闹地聚在一起。小一点的孩子直接拿剪子剪，大的拿刀挑。看准了朝根部唰地一割，一丛就下来了。妈妈喜欢直接用指甲掐，嫩叶被逼出汁水，气味逃逸到空气中氤氲开来，极清爽。

挑满一兜了，妈妈就兴冲冲地跑回家，嚷着让外婆给她做马兰头香干。妈妈的爷爷学医，常对妈妈说少吃点，马兰头吃多了胃会寒。只在清明这段日子吃些，却可以明目。

马兰头有很多种做法，最清爽的是凉拌。撒点糖，搁点盐，添一些麻油，初入口时有些干涩，回味又是清凉的。其余的还有马兰头豆腐干，香港的上海餐厅里也吃得到。凉拌带点青草味，还有独属于清明的惆怅。只不过，这愁是淡而朦胧的，就如"不可避免地勾起一点乡愁"。

"荠菜，马兰头，姐姐嫁在门后头。"周作人的记忆里，马兰头也占着一个独特的位置，有着自己自然的古味吧。

又是一年清明，妈妈带我上山去挑马兰头。城里丝毫不见它的踪影，终于在离上塘不远的野地上，丛生着悦目的马兰头。下着淅淅的小雨，泥泞的小路有些湿滑。一直挑到雨下完，天边露出一点太阳。后备厢里装满了挨挨挤挤的马兰头，独特的草香夹杂着泥土和风的味道，弥散在乡间的道路上。

半篮子，正好清炒一盘马兰。

干净的，清明的味道。清、明的味道。

菜场里阿婆的摊子上，马兰头占着很小的摊位。叶子不肥，原来是人工种植的。

无言清明 40

恍惚间又是一年清明了。

每年清明似乎都是要写点什么的。

时光真如白驹过隙，这个老掉牙的比喻用来形容流水一样的日子实在很熨帖。来杭已经近半个年头，除了过年就是清明能回温州了。

今年的契机在于晚上爸妈出门，留我一个人在家。两耳不闻窗外事，写完了作业后无所事事，就开始倒腾书桌，不小心翻捡出了不少回忆。

一大本一大本科学竞赛的笔记，字迹熟悉，内容早就湮没在了时光里，早就忘记了冰融化后水面会不会抬升，非纯电阻电路要怎么算功率；暑假里脑子一热一时兴起，天天趴在书桌前积累的几本数学错题笔记，工工整整，题目却无比幼稚；压箱底的是半打的语文笔记，余华的0度视角，冷漠却真实，李娟袒露在大地上的文字和灵气，用的是方格本，各种颜色的钢笔笔迹。

杜拉斯说过，一个人开始回忆时，他就已经苍老。她老人家呢，是从十六岁开始苍老的。我觉得我也差不多了。

每年这个时候的传统是亲手抄录一首《代悲白头翁》。

今年花落颜色改，明年花开复谁在？

年年岁岁花相似，岁岁年年人不同。

扎心的两句话，也唤起了一段陈年旧事。我忘记是谁说过了，只记得是在一个晴好日子的语文课上，老师随意写在黑板上的一段话却让我记到现在。

看看做过一段时间又半途而废的手账，就好像看见了两三年前那个扎着马尾辫一笑眼睛弯弯的小女生。幼稚，简单，却又大方不拘泥。

正栽在记忆的深海里，周遭本来很安静，窗门大开着。

楼下狗叫了，孩子在奔跑，风从窗户倒灌进来。

一下子惊醒，我不知道我要说点什么。

蓑衣往事 41

中午打算出门吃饭，四处闲逛，抬眼就看到那家餐馆的名字：红土。墙上挂着蓑衣，桌椅和凳子都是大地的颜色。

困意全消，思绪游走，突然想为这家不寻常的餐馆写个故事。

淋湿了的田埂边，牧童披蓑戴笠骑在牛背上。

老牛的尾巴一甩一甩，背后留下一行行深深浅浅的脚印。不一会儿，小洼里就注满了泥水。袅袅的炊烟也被雨水打湿了，空气里弥漫着隐约的香味。坐在家门口的老人看着他们走进村庄，又怀念起了那一段湿淋淋的旧时光。

靠山吃山，靠水吃水，我们的祖祖辈辈一直都这么过着。打小我们就与父母下地，顶着午时的大太阳。

几十年前的旧事了。

在老人还不是老人的时候，他就常看着父亲披着蓑衣在田间劳作。在他眼里，有一件自己的蓑衣就是男子汉的象征。蓑衣是农人们风里雨里都会坚守的对土地的信仰，他说他骨子里流的不是血，是泥土，与生俱来的生命与大地的联系。血肉之躯也终将埋入土地，化作春泥。

他太想长大，他太想高喊着劳动口号，太想和伙伴们下地耕作过面朝黄土背朝天的生活了。逢上土豆发芽迟些的年份，每天掀开泥土看看，探探虚实。有时风刮得厉害，窗上糊的纸也被吹破了。来不及再糊一糊纸，大家就赶到田地里，砍根竹子，把断掉的玉米秆子扶起来。腰一遍一遍地弯下去，玉米秆子也一根一根地挺起来。擦擦手背，在田埂上稍作休息，女人们再赶回家准备午饭。

家家户户的炊烟升起，田间劳作的汉子也停下手中的活，靠在树下歇会儿，等着女人们送饭来。他想，坚守泥土一辈子吧，踏实。

我们的祖辈世代为农，不做种田人做什么。

踌躇着问父亲要一件蓑衣，父亲总是宽厚地笑，摸摸他的头说，你还小呢。

转眼，他长成了一个勤劳纯朴的青年。父亲终于答应为他做蓑衣。父亲慢慢剔棕骨，刮棕丝，捻好棕线，末了再打棕绳。崭新的，一件以后只属于他的蓑衣。

盼来了头一个雨天。他身着父亲亲手做的蓑衣，卖力地在田间耕作、插秧。蓑衣像一只棕色的大鸟，张开双翼庇护着他。雨越下越急，顺着蓑衣，密密地往下流。他发狂似的更卖力，雨点越来越密，似乎要溅进他的生命里。

过了好些日子，他娶来了贤淑的妻。虽然蓑衣已有些破旧，但他还是舍不得扔。农作归来，炊烟也已经升起。他来不及脱去蓑衣，便躺在草地上，看着月亮。

又是一年春天，鹧鸪一声接一声唤着春天。他正披着蓑衣劳作，妻子急急赶来。

父亲躺在床榻上。属于父亲的蓑衣已残破不堪，固执地挂在土墙上。母亲，正用布一遍一遍地擦拭。他看着父亲，用力地把泪逼回眼眶。

父亲终究是安宁地走了。

父亲一生都从蓑衣中走过，蓑衣为父亲遮挡风雨。他和蓑衣相伴而生。

老人从记忆中抽离，微微叹了口气。雨停后，老人进屋取下那件挂在土墙上的蓑衣，仍然是最显眼的位置。老人久久地看着。

"尔牧来思，何蓑何笠。"几个世纪之前的阴雨天，是不是也有一个放牧人，守护着牛羊呢。

好好读书 42

那是我第一次接触阅读。不算很正式的书，好像是绘本。在写话本上，我认真地写下一句话，那时文字还很稚嫩。

"今天我看了书，我真开心！"

很短的一句话，却是打开那扇木门的钥匙。在书里，在那个有Teddy的世界里，一切都是温存而美好的。长大了一点，又开始接触其他类型的书。绘本、童话、科技、武侠、散文、唐诗、宋词、元曲。杂得很，什么都读。喜欢一个作者就把他所有的书都买来看一遍。

不知道什么原因，就开始喜欢上读书。纸张翻动的感觉会触及我奇妙的兴奋点。特别小的女孩，脑门后面扎两条小辫，一下午就窝在沙发上一声不响地看，想想也瘆人。很小的时候我爱看童话，格林童话、安徒生童话。封面很符合小女生的审美，霜绿色。喜欢的童话到现在还能复述。

小学班主任老师喜欢宋词，每位同学人手一本宋词集，有拼音，有插图，有小故事。此书非常厚，不过每首词后都附有一个小故事，我们就在读故事间不知不觉背了一首又一首宋词，尽管一知半解。小学在校时间全都在硬啃宋词，自己也试着写了几首，不分格式，随便拎着一个好听的词牌名就按字数写，《如梦令》《木兰花》，写少了打个括弧，里面写"减字木兰花"。读起来很怪，不过看看写写也挺享受的。别人念一句宋词能承接下一句，这很让我感到骄傲。

宋词学够了（其实不够），文青一些喜欢上三毛、张爱玲。三毛叫我随性随心。看她们的书，除了了解作者本人，再去找一些视频看。

后来知道三毛用丝袜自杀，真是世事难料。读书有时候读着读着会读得多出来，一本书吃掉的不仅是书里的内容，还有作者的人生和他们的边边角角。有一段时间喜欢金庸、古龙，快意江湖。《天龙八部》《神雕侠侣》《笑傲江湖》。复仇者复仇，爱上仇人的女儿，最后亲情、爱情犹豫不定，都走一个套路。那种武侠气可以让人变得正直。接着读《论语》，读《资治通鉴》。年纪还小，古文有点晦涩，还好有翻译。几千年前的人说的道理，到现在还适用。要学做人做事，古书最有用。

偶然看到余华的一句话：司机高翘着他的屁股，屁股上有一抹晚霞。后来看他这个人啊，长得不算好看，但是文字特别鲜明。《活着》《许三观》《兄弟》《第七天》，他直面了社会最尖锐的部分，棱棱角角。看多了有点起鸡皮疙瘩。

再后来喜欢文字很淡的人，沈从文、汪曾祺、钱锺书、林清玄。沈老的小城，汪老的鸭蛋，钱老的围城，林老的莲。佛味，禅道。要是脑海里有他们形象的话，应该就是和和气气的老头。他们都很会生活，活得很自在。

看书真的很好。

很好玩。

哪天阳光很好的时候，树叶轻摇，阳光一点点洒下来，洒在灰色的地面上。对面卖豆浆的小店冒着热气。他们走得慢，我也走得慢。随便在街上找本书看，遇见志同道合的人聊几句，这样就太开心。

好好读书，书读得好好。

读书长知识。

好好吃饭 43

以前写过一篇文章叫《好好读书》。其实，饭也应该好好吃。

就着午后两点的阳光起床，心情很欢悦。

不习惯午睡，但一沾枕头，闻着太阳味的被子，就爱上了这项娱乐方式。

最近天气回暖，又到了可以穿衬衫的季节。用八个用过无数遍但还是觉得合适的字来形容：天气澄和，风物闲美。

真的，再合适不过。最近的小日子过得太滋润，看着他们奋笔疾书、埋头苦学的样子，有点愧怍。

来讲吃的。

清汤素面

最初的契机是上海回来晚上将近十点的光景。又累又饿，妈妈去煮了一碗清汤素面。

厨房里氤氲着暖气,看不清人影,没有香气,但空气中慢慢飘浮着一点点渗透开来的清味。重口味之后,清汤素面无味才胜似有味。

面出锅后的颜色也很淡。几片包菜叶,一点紫菜,添一点醋就好。那种洗涤五脏六腑的满足感,也如游丝一样渗透开来,包裹住全身。

很烫,吃得直吸鼻子,也很幸福。

最近在学着做吃的,买了速冻白菜猪肉饺。同一个牌子,可在店里吃现做的和自己煮速冻的感觉实在是有天壤之别,手工作品有心的味道。繁体字的"爱"也是有"心"的。

水果小哥

在异乡口干舌燥,去了很多卖水果的地方。久光地下一层的水果贵如春雨。

恍惚间突然想起瓯江那头不起眼的菜场里有一家卖水果的小店。

榴莲的香味引我进去,店里陈列着更多的好水果,自然迈不开步。别人的店前榴莲看起来像撒过晃眼的金粉,阳光下反射出耀眼的光芒,可那些都是泡过药水的。

妈妈说，让这个叔叔给你挑吧。小哥细心地挑拣榴莲，闻言抬起头尴尬地笑笑，指指我说："其实我比你大不了几岁。"

妈妈转过头："叫哥哥叫哥哥，嘿嘿嘿。"

小哥挑的榴莲确实很好吃，顺带又买了凤梨。他们切水果的步骤看起来很神圣，切毕把块粒拢起来放进透明的圆形塑料盒。干净利落，确实是细节见真功。榴莲味道绵长而缱绻，像七八月的暑气。凤梨吃起来清口，像少女，像六月热烘烘的鼓浪屿。（也说不清为什么要用这样的词形容，它们就这么蹦跶蹦跶从脑瓜里出来了。）

大橘子堆里竖着丑八怪的牌子。"丑八怪吗？真的好丑啊。"

小哥又来科普知识，丑橘的挑法很简单，拿起来掂量掂量，越重越厚实越好。路上随手剥开，有点酸涩，但回味清爽。看到芭乐想起了以前的宝岛记忆，微咸的海风吹散了热浪。我毫无来由地喜欢这种没什么味道的水果，摸起来有点粗糙，绿得羞涩的表皮，刚从冰柜里拿出来，还冒着丝丝凉气。

回家摆了盘，想想自己居然把生命浪费在这些事情上了。后悔完了又傻笑，放在餐桌上半天，忘记了吃掉。

日本料理

凤起路沿线千寻家定食屋。

菜单在墙上，一天只开五个小时。

看起来很任性，不过称得上是用心做事的小店。

每次来杭必点的就是照烧三文鱼和照烧鸡套餐。一碗米饭、两小块寿司、沙拉、味噌汤。颜色鲜亮，食材新鲜。一口饭一口汤，分量刚刚好。吃完以后通体舒畅，口腔里没有不适的感觉，甚至还有一点点幸福感。

每张桌子上都摆着两个无脸男，连店里的空气都是宫崎骏的味道。

我感叹，一天只用上班五个小时就可以养活自己，真好。

妈妈说哪止五个小时啊。准备食料，研发新品，背后要付出很多努力。把一件事做到极致你就会成功的。

哦?

嗯。

蔡澜大师写过一本书，名为《今天也要好好吃饭》。

你今天吃饭了吗?

记得一定要好好吃饭哦。

刮痧随想 44

大冬天，但还没到下雪的季节，又一次感冒。

从一个橙子下肚开始，嗓子就起了反应。像有无数个小恶魔拿着羽毛撩拨喉咙口，欲咳而不得。

洗完澡在卫生间里站了一会儿，冷风倒灌进暖烘烘的逼仄的空间里，鼻子紧跟着起了反应。卫生纸的库存锐减，垃圾桶里的废纸剧增。

记得有谁说过，把字幕上的"星期六比较车少"看成了"星期六比较年少"。确实，慵懒的日子适合午睡，吃完午饭，窝在被窝里翻来覆去后，一觉不醒。

迷迷糊糊地看了看时间，又躺下了。就放纵这么一回吧，毕竟冬天需要温暖。

醒来已经三点，头晕脑重，稀里糊涂。直愣愣望着天花板，想着刚才的午饭。有时候挺喜欢感冒以后的必经程序——米饭会改成清粥，佐以白萝卜汤掺肉末，甜而不腻，回味悠长。吃得热乎通体舒畅，倒头就睡。

想起这两天翻旧照片，觉得那时候的自己，腿真细真长，长得真可爱，皮肤又好。

早上吃饭的时候，听着鸟鸣突然想起了幼儿园。我直到现在还觉得记忆里最美好的阶段就是上幼儿园那段时间，小学的一地树影次之，初中的海坛山随后。贡院很美，可我的心境随着年龄变大却日渐荒芜了。

我讨厌这样的自己。总是习惯沉湎于过去，忘了抬头，看看前方的路。

人体上是有很多穴位的，感冒了是因为痧逼进体内。具体操作大概是用食指和中指卡住脖颈上的肉，臂弯，揪肉。个中术语实在很难表达，只可温州方言意会。

趴在床上任由妈妈刮痧，揪到生疼处就大喊。妈妈就歇停一会，待我缓过气了又继续。本来就神志不清，这下更加晕头转向。手里攥着没做完的数学周末卷，无心学习。背上还有个穴位，温州话曰la ku jiang，很形象，大抵是孩童不愿承受苦痛，强逼之下大喊大叫，扯着嗓子，血脉通了，病就结了。

说来也神，痛到深处，鼻子就通了气。

我也不说什么这正如人生要承受苦痛才会迎来光明一类的酸话。

累到精疲力竭瘫倒在床上以后，看着窗外光秃秃的树木和永远下不完的雨，突然就有了动力。

分享一句鸡汤：冬至过后，白昼变长，黑夜变短，一切都会好起来。

前段时间的生活过得一团糟，也许现在并没有好多少。

但管它呢，年少不轻狂，枉为少年。路途遥远，但有同行之人陪伴。

踱 步 45

行色匆匆。

每天都在世界的缝隙中忙碌，却无心慢下来顾及身边被忽略的时光。

少女峰山脚下溪水流连，山顶上皑皑的白雪在阳光反射下映衬出夺目的光彩。游人三两，飞鸟几只。四周的游客嘴巴一张一合，却一点不聒噪。细细碎碎的声音像来自远方，过去和未来在这里交汇，时间和空间的界限也渐渐模糊了。

时光在这驻足观赏，关注平凡。

放眼远方，无垠的绿色恣意铺卷。将前几日奔波旅游的步频调整到和瑞士的频道同步，盘山而上，走走停停。青草味吸引了我。这种气味唤醒了我久远的记忆，似乎已经蒙尘落灰很久了。大片的草丛中掩映着一小簇白花。它们野蛮生长，张扬但是不露锋芒。也许上帝在让百花挑选颜色时，它们，只是婉约而立，默默拿走被冷落的单一白色。

慢下来，这一小簇花更能让心静下来。慢下来，静赏安然。

时光在这放慢脚步，关注生命。

漫步着，塘上的小洼似乎动了动。

走近一看，一条不知名的小鱼挣扎着，小洼里的水在阳光的蒸融下似乎快要干涸了。轻轻地，我用双手捧起这条小生灵，放入塘中。它轻巧的鱼尾摆动着，顺着粼粼的水面远去。汪曾祺说，西南联大办学若干年，出的人才比清华、北大三十年加起来的都要多。为什么呢？因为两个字——自由。

回想，有多少童殇，都是因为我们太匆忙。慢下来，静颂生灵。

时光在这流连聆听，关注自然。

溪水淙淙，反射着午后慵懒的阳光。我聆听着溪水富有生命力的天籁。肉体和灵魂，似乎都沉淀下来了。溪水是流畅的，没有受阻碍。如千百个小风铃聚集碰撞出的音色，细碎的、小小的声音，却有一种莫名的治愈感。不是肖邦、李斯特，只是自然原始的倾诉。如那句古话"清水出芙蓉，天然去雕饰"。这溪音，便是自然的杰作。慢下来，静听空灵。

酌一壶慢下来的时光，细品悠远。

突然想到了梁文道先生的《温一壶月光下酒》，荧屏上再也没有这样走心的读书栏目了。

瞽 46

　　依着梅岙园的桃树，心里的触动并不是为了满园的春意，匆匆经过的那个卖椰小贩劳碌的背影仍然挥之不去。

　　各行各业，数小商贩最劳累。遇到城管突袭，便心惊肉跳，匆忙逃窜；主动招揽客人，遭受的却是一个又一个白眼，一句又一句呵斥和怒骂。

　　那天天气澄和，风物闲美。闲适的阳光慵懒地落在地上，世界都充满了美好的意味。可现实却并不如意。

　　这个商贩如同其他小商贩一样，驾着一辆大卡，后面铺着一床棉被，大大小小的椰子沉重地卧在被上。他倒不忙着招呼，只是静静地等待停下车来的车主。妈妈买了四个椰子。我本想再砍价，但妈妈淡然一笑，人家也要赚的，让他们赚点吧，大热天的，辛苦着呢。我便不作声。

　　小贩替我们在椰子上掏了一个口，他咬着牙，重重地用刀子在口上旋着，手指甲在手心上嵌出了红印子。他的嘴唇由于过于用力而微微颤抖着，脸上一副狠狠地憋足劲的表情。两旁的树叶也微微摇动，发出平静的唰唰声。我看着也冒出了汗，凿个椰子竟要费如此蛮力？我向他借过刀，手一滑差点伤了自己。

小贩继续凿着，"呲"一声——就像是没有任何的预言与铺垫，椰子的豁口中泵起了一道高高的水柱，小贩毫无防备，眼睛在汁水的强大冲击力下紧闭着，黏糊糊的汁液湿了他的领口和整张由于劳累而显得疲惫的面孔。

他狼狈地笑着，干笑声里充满苦涩和无奈。他尴尬地用衣服擦着眼，眼睛变得血红，因熬夜而生的血丝清晰可见。

临走前，他还提醒我们，回家凿椰子时要小心，不要像他这样，哈哈……说完他又干笑数声。

我们的车缓缓开出了一段距离。

我回头望望，地上的尘土卷起一道浑浊的风，阳光依旧铺满大地。

小贩仍然站着。

炽烈的阳光下，他还在擦着眼。

浮生若梦，人生几何。来这世上一遭，总要好好做个梦。

庄生晓梦 47

楔子

雏形来自一个沉默寡言且只有一面之交的朋友，是他讲述的一个怪诞而又真实的梦。（所有情节均属虚构，应该没有雷同。）

谨以此献给所有囿于形骸牢笼的现代人。也许我们早就失却自我，也许我们都是庄周的，那只蝶。

一

那是一个普通的周六。或者也许不是周六，我可能记不太清了。我如同往常一样迷迷糊糊地醒来。

我望向窗外，天气阴沉，刚刚下过雨，穿着鸢尾花裙的姑娘跑过，自行车留下一道长长的水痕，隐约映衬出姑娘淡漠的紫色背影。四周逼仄的空气笼罩着我，像是被雨水打湿的落叶，残败，皱缩，也缱绻绵长。

毫无征兆，妈妈突然告诉我："青檀，你前生是个女生。"

二

妈妈说，就是一场普通的车祸。喇叭声极为刺耳，远光灯亮得我睁不开眼。

记忆戛然而止。

我努力回想，可只剩一片空白。

我什么都不记得，什么也不知道，终日庸碌地过着平静的生活。

从有记忆以来，我一直和妈妈生活在岛上。普通的岛屿，没有熙攘的游客，抬眼就能看到海和天，两个世界在视野可及的最远处缠绵在一起。岛上的阳光跟少女的笑容一样明媚，衣服无论怎么洗总还是有盐水浸泡过的咸味。

我的日子没有繁复与琐碎，日复一日，如同门前的流水一样平静地一天天淌走，模糊而不真切。

我的同学和老师在背后对我的评价是：沉默寡言，极不合群。

我试过跟前桌的女生开了一个不大不小的玩笑，因为发生的概率实在低得诡异，她愣了一会，抬抬眉毛，又转了回去。

留着板寸的男生经过，勾了勾嘴："兄弟，你实在是个无趣的人。"

他坐到前桌女生的旁边，两个人不知在聊些什么，低低地笑了起来，女生尤其笑得眉眼弯弯。

三

妈妈等待着我的反应。

我习惯性地摸摸下巴，这是我每当想问题时总会下意识做出的动作。

我突然想起一次年级考试时的阅读题，春江潮水连海平。作者说每个人的生命都是一条河，海水倒灌，我们最终会重逢。也许，也许我还会和妈妈说的那个她相遇。

我没有想象中的那样惊慌失措，突然想起了不知道哪位作家说过的一句话，它就那么自然而然地跳了出来——

我有一次看电影，字幕上写着星期六比较车少，我看成了星期六比较年少。

我猛地一抬头，妈妈吓了一跳。

"妈，我以前一定很年轻吧。"

妈妈用一种复杂的眼神看着我，雾气里山峦起伏。

四

"我上班了，遗体在冰箱里。记得别拿出来，暴露在空气里太久会腐烂。"

临了又加了一句："她叫青葙。"

我感到极为不安，但还是面色平静地回应："好，我记住了。"

门被反锁上，自行车的链条踢踢踏踏，电梯门"叮"的一声，妈妈走了。岛上的夏天总是闷热又潮湿，窗门大开着，鱼腥味和海风一起吹进房间。我跳下床走进厨房，冰箱里的冷气铺天盖地席卷而来。

我看见了她。

更准确地说，"我"看见了我。

"You were so charming."

Holy shit.

"You are so charming."

我感到一阵少年人的躁动。因为与生俱来的阴影，某些从未与人说的癖好使我蠢蠢欲动。我冲动焦灼，同时感到极为羞惭。我的身体发烫，从头到脚，身体的颜色像被烤熟的龙虾。

情感即将喷薄而出，因为紧张和不安，我的视线到处乱扫，不经意间对上了她的眼睛。

没有闭合的双眼，空洞又单纯。我甚至觉得她不该来到这个复杂肮脏的世界。

我伸出手，踌躇不决，我满脸通红。

直到现在我还无法准确地形容她的面貌，也许我想记得，但幸好我忘了。她年轻澄净，空灵又缥缈。

我冷静下来，感到前所未有的放松。我轻松地把她抱了出来，她的身体像没有重量，似有似无，或者说，时有时无。

我把她抱进了我的房间，那个充满蓝色的，波动着的房间。

五

从小我就喜欢蓝色。

无论什么蓝，我觉得那是世界上最干净的颜色。

课本上说，它是三原色之一，波长最短，象征永恒。

它是水，老子说"上善若水"。

它是海，它是天，它冷淡又包容，美丽而理性。

也许，它更是宇宙。

我的一位朋友信奉伊斯兰教，教义里阐释：蓝色代表纯洁。

我的房间不知道从什么时候开始也变成了蓝色。不是静态的，而是波动着的，永远充满生机的。

可是妈妈说她看不见。她甚至以为我产生了幻觉。我垂下眼感到失望，但也松了一口气。

我生活在这个私密的空间里，无穷无尽地诉说着我嘈杂的秘密。它来者不拒，把所有少年人的心绪都消化在了波浪里。

六

回忆就像沼泽，越欲抽离越难自持。

妈妈提醒过，不能把她暴露在空气里太久。

我不知道时间过去了多久，更不敢抬眼看她的面貌。

"外面的空气太脏了。"

我开始感到后悔，低头小心翼翼地看了一眼。她没有像我想象中那样开始腐烂，只是身体变得不再透明。她开始变白，变灰……

我正觉得她要变成一团混沌的黑色时，门开了。

七

妈妈站在门口。我垂手站着，低头准备接受她的责骂。

"下不为例哦。"

妈妈叹了口气，轻轻地说。

我点点头，又陷入深深的绝望中。我感到无力彷徨，像在无垠的海面上起起伏伏飘飘忽忽，没有依靠，甚至没有浮木。

我不停扶正总是不断下滑的眼镜。

我和她也许隔着自己都数不清的过去和未来。

她在云里在海上，自由无虑没有羁绊，

我在土中在地里，勤勉而污浊，有太多的不堪。

我感到极为抱歉。

终日无为庸碌，也许和她期望活成的样子不一样。

"妈。"

我开始发抖，妈妈轻轻抱住了我。

"没事，别怕。妈妈一直在呢。"

她拍着我的背，我半倚在妈妈怀里，就像小时候一样。那种感觉来自很久很久以前，也许是她小的时候。

"很晚了，檀，快睡吧。"

"风不吹，树不摇，鸟儿也不叫，

小宝宝要睡觉，眼睛闭闭好。"

迷迷糊糊听见妈妈的告别，"乖乖哦，妈妈走了"。

八

妈妈就这么离开了。

我已经习惯了一成不变的生活，还是同往常一样上学、放学。海岛生活总是潮湿又无聊。

清晨早起，天色晦暗，路过早市跟熟悉的老太太打声招呼，她总会给我留一碗豆花、一张鸡蛋饼。

午饭过后，我会坐在坍圮的围墙上发呆，放空自己。嘴里还是海鲜面的味道，我感到疲倦不堪，发誓以后不再吃鱼了。

她突然来了。像做梦一样，她和我凭借残存记忆所描摹出的完全不一样，无论是样貌还是性格。可我毫无来由地觉得她们是一个人。一颦一笑，一举手一投足。

"在干吗呢？"她笑着。

连"你"都没加，从来没人用如此熟稔的语气跟我交谈过。

我感到不知所措，"没有，就是，就是发发呆看看天。"

她闻声抬头，天上飘着浮岛似的云。

我的视线顺着她的脖颈也向上看天。

"我喜欢海。"她说。

"我喜欢天。"我说。

我们相视一笑。

"蓝色是世界上最干净的颜色。"

她摘下了眼镜。

"摘下了不是看不清了吗？"

她说傻瓜，戴着眼镜看世界反倒看不清呢。

没头没脑地，她又悄悄嘀咕了一句什么。

每天放学我都会在校门那看见她的身影，永远简单明净。

她看见我会用力挥挥手："你好，青檀，你放学啦。"

她会陪我走过一段海边的路，沿着海岸线的马路上不时会开过聒噪的摩托车。她目送我到家，挥挥手，一转眼就消失在人群里。

有时我会邀请她一起去海边摸鱼捉虾，她会等着我做饭，帮忙下点料酒，打打饭。忙完了就安静地坐在沙发上等我。

吃完饭我们会慢吞吞地逛到海边。

天色暗下来了，守候渔船的灯塔忽明忽暗。并肩坐着，双脚晃晃荡荡，一起看着海水一波一波地上涌，翻转。

她会给我讲各种各样的故事。有时兴起会念几句不文不白的句子，恍惚间总觉得像出自汪曾祺老先生的手笔。

我没跟任何人说起过她的存在，事实上说了又有谁会相信呢。只是学校传达室门口的保安老伯总会担心地看着我，他好几次都目睹我对着眼前的空气招手微笑。

老师也偷偷找过我几次，谈话中隐隐约约地表露出，我要是因为母亲的不告而别受到精神打击，一定要告诉老师，平时多跟同学一起玩。

老师一点都不理解我。我本来该感到生气，但随即被期待湮没。

我努力平心静气地展现出一个人畜无害的微笑。

"老师没关系的，我可以处理好。"

老师勉强拍了拍我的肩膀："那青檀你先回去吧。"

从办公室出来，我感到脸上有点抽搐，也许是笑得太用力，脸颊边的肌肉有点僵硬。

一晃神的工夫，她突然出现，调皮地捏捏我的脸，又活蹦乱

跳地跑远了。跑走的那一刻发尾甩过我的鼻梁，痒丝丝的，有点
勾人。

九

早自修的时候，老师突然宣布要介绍一位新同学。我正低头看
书，感到一道朝我投过来的目光。

我的妈呀，是她，真的是她，是真的她。

她微微一笑。

妈妈站在教室门口，冲我摆摆手，打着手势做了一个口型就
转身离开了。很匆忙，但我看清楚了。"帮你，找到她了。找到
你了。"

我笑了。生命里第一次，放松地笑了。

尾声

"女士，您好，您儿子这种情况比较特殊，简单来说就是因为
车祸冲击造成的过度刺激而导致的暂时性失忆和轻度臆想症，带他
去熟悉的环境放松放松有利于精神恢复。"

“妈，菥在哪呢。”

“谁？檀儿你怎么了？”

“她肯定在，她昨天都来了，是你把她带来的！”青檀越来越激动，想要挣脱吊瓶下床。

妈妈轻轻抚慰着男孩，看他又沉沉睡去。妈妈虚掩上门，回想着“菥菥”。

“这孩子真让人摸不着头脑。”

海风吹过，妈妈刚翻开的字典上停在“菥”这一页——

菥，即青菥。

性微寒，味苦。清肝明目。生于平原或山坡，遍及全国。

青檀出生的时候算命先生说过，这孩子有狼性，关不住，怕是命硬啊。于是，妈妈取名用了檀，用坚实的树木压一压天性。

青檀迷迷糊糊地咕哝着，妈妈凑近了听。

“我知道，青菥别名狼尾草。狼是世界上最野心勃勃也最纯粹的动物。”

青菥临走的那个下午，留下没头没脑的一句，“你问我的梦想啊，Live free”。

她晃晃悠悠地走远，留下一张字迹潦草的纸条，上面只有淡淡的铅笔描出的痕迹：庄生晓梦迷蝴蝶。

后记

写毕，随手翻到汪老先生的书。

西南联大办学短短几年，出的人才比北大、清华几十年来的都要多，靠的就是这两个字。

我渴望自由。

南家儿女的故事 48

其实吧，乌镇早就把街巷让给了东栅来往的行人，把老房子租给了西栅各式的商铺，把古老的声音借给了叫卖的吆喝声。

它自己呢，就偷偷躲在一个不为人知的清静地方，看着日落西山，坐在竹椅上，摇摇蒲扇，就着往事下酒。

这个不为人知的清静地方就是南栅。经历舟车劳顿，准备直奔西栅，但一个三轮车夫拦住了我们。

他说先去看看南栅吧，西栅全部都是重修的，南家女儿最原生态。身旁过客都匆匆向前走，我们随着他回头。车夫是个黑脸汉子，言语都笨拙得很。一路向南，越走越清净。三轮车吱呀老旧的声音，也消融在南栅的安宁里。

车夫大叔载着我们，慢慢讲起南家儿女的故事。

南栅的主体是一条很旧的老街，石板路上的石缝之间满是细小的青苔。中间是两块横放的略大的石板，边儿被一些小的石板填满。大石板或疏或密的凹陷就是南栅的悄悄话，细碎而缓慢地讲述着陈年旧事。

路的两边也有商铺，没有来往的行人，铺主大多是些老人家。车夫说，年轻人在这待不住，大都出去了，老人家倒愿意待在这里。他们就那么安静地靠在椅子上，看行人经过。

这些小而简陋的铺子都是他们自家的，卖的东西也少，但都原始，放心买吧。

路过一家，老太太上了年纪，头发接近花白了，脸上的沟沟壑壑很深，但看着神清气爽，衣服也穿得很简单。看我们走近，轻声说了一句，看看布包吧。这是哪都能见到的花布，蓝底印花，我挑了一个小的放零钱。价钱，是真的实诚。老太太从一盒明信片中抽了两张给我，对我说可以在这寄出去。全程她都显得安安静静，并不特意招揽。

车夫笑笑，这里的老人都这样。

再往前，就是张家张同仁老宅。门口一个阿姨在收费，每人一块。看那厚重的门板，似乎只要嵌一个缝儿，就能窥探到那陈年的时光。张同仁家以前是整个乌镇最富的人家，现在这宅子已破旧不堪。车夫饶有兴致地介绍，木窗上的花纹是蝙蝠，它的寓意是什么，诸如此类。几块窗玻璃被打碎，宅子虽然老旧，但还是可以嗅到历史的味道。空气是潮湿的，长了青苔的路有些滑。我向张宅告别，转身掩上了这道门。

尽头是一座桥——福昌桥，幸福昌盛。当时桥上行人肯定来来往往。它也老了，背从来是佝偻的，没有栏杆，只有石头护柱。护栏上的小狮子也变成了老狮子，斑驳，陈旧，一如这座桥。

傍晚在一家只有两张桌子的小店吃饭。太阳还没有全落下山，余光灵动地透过旧木窗洒进来。眯了眯眼，浮尘在光阴中上下飞舞，像在跳着虔诚的祈祷之歌，三轮车夫按下快门。靠着窗看天，天色微暗，大抵是澄明的紫色，上空有一轮极小的月亮，我在阴影里。车夫明明是个黑脸汉子，拍的照片却很精致。他陪了我们大半天，最后收了八十块钱，憨憨地告别。

我也走了。恍惚里又看见南家女儿自言自语，诉说着陈年旧事，在时光的长河里找寻，一件件独自翻捡，孤单回味。

帘卷海棠 49
——访朱自清故居

炽热的夏天，探寻着，误打误撞在巷弄深幽处遇见了朱自清先生的故居。人虽已去，古味仍在。

一道道木门，因为年代久远而显得破烂不堪的书桌，几个小庭院，是您的故居现在的样子。

闷热的天气，难得来一次古色古香的名人故居探访。穿梭在幽静狭隘的小道间，感觉内心也多了一分清静。

一抬头，便能看见王蒙先生所题的牌匾。径直向前，大概是您的接待室，左右两边排列着一样的书桌和两张椅子。正中的墙上挂着先生的肖像，画中先生端坐在椅子上，手中拿着一本翻开的书，旁边还堆着一摞厚厚的书，先生爱书，真是爱书。

继续往前走，陈列着先生的手稿和与他人的合影。先生的字写得极其传神，笔力遒劲，圆实有力。没说假话，是真的好。接下来的好多房间也都是先生与温州的一些历史照片。我也是温州人。

再向右转吧。最引人注意的就是书法大师张索先生题的对联。

"踪留潭影绿，帘卷海棠红。"

不难想到先生的文章《绿》当中的那一句，"月朦胧，鸟朦胧，帘卷海棠红"。

中间挂着一幅水墨画，有松，还有花草，整个房间也因此平添一分绿意。

从房间出来往右直走，是先生的书房。书房里有一个很陈旧的书柜，中间有两个抽屉，只有巴掌大。书桌的右边有一个较新的书柜，光滑亮泽。上头也有一副对联：每逢佳处间，圆圆月影照。

出了书房回头看，门边雕琢着一些很漂亮的花鸟虫鱼，独添生机。右边是先生的起居室，里头只有简单的床头柜子、一张木床和小桌，空气里氤氲着古色古香的气味。

走出起居室来到后花园。养鱼池中，几条金鱼游戏着。先生应该最喜在清静的环境下读书。

何此有幸，与君共勉。

愿有所息 50

　　国誉的抽杆夹文件夹和风琴包都收到了，理完所有资料以后我觉得整个人都变得有条理了。期中考以后开始准备市统测，从书架上抽出的《思想政治 经济生活》落满了灰尘，翻出好多呕心沥血整理的资料，A4纸的边角已经泛黄，不知不觉原来时间过去这么久了。有一种恍如梦幻的感觉，好像昨天还是那个有点青涩的女孩子，双肩背着书包小心翼翼地踏上这片温和又陌生的土地，居然就在这里开始了自己的新一段征程。

　　学校的红五月活动声势浩大，天气预报里似乎整个月都没有好天气。还是习惯不了下雨天，雨水滴滴答答落在遮阳篷上的声音总会有节奏地敲击着我的心。一切都湿漉漉的，模糊得看不真切的样子。丝绸街上的青石板路也是泥泞的，如果不好好走路裤脚总会被溅上污水。我已经过了那个下雨天扔掉伞恣意地飞奔，穿着Crocs抬脚就往水坑里踩，然后看着高高的水花捧腹大笑的年纪了。我不知道是不是该感到庆幸。

我一直是一个不太有计划的人。但是压力之下粗浅地定了几个每日打卡目标，居然也磕磕绊绊地坚持了两天。分享一下近期日程：清早时事热点，晚自修贡献给数学、英语和地理，回家以后复习政治、历史，外加一篇语法填空。完成任务以后在To do list上打钩的那一刻，有一种由心而生的愉悦感。最近的想法总是又多又奇怪，以为自己度过了瓶颈期开始变得更加独立，但在某些事情上似乎又比以前幼稚。不管怎么说，记录下每天的生活和只言片语总是让人感到放松的，在忙碌了一天后的这一点时间很像是偷得浮生半日闲。

子路倦于学，告诉孔子，"愿有所息"。

子曰："生无所息。"

一刻都不曾停留。

安静下来以后总能得到很多快乐，再分享一个今天上语文课的梗。这节课分析的是期中考试卷。原题大意已经模糊，大概说的是洛迦诺是瑞士一个平静温和的小镇，草丛中有壁虎，绿得晶莹剔透。老师说，嗨呀其实这里作者想说的应该不是壁虎吧。后桌一下激动起来："我就说嘛这可能是爬山虎啊！"

Hello？？？壁虎和爬山虎属性都不一样啊？？？爬山虎不会动的啊！！！

全班爆笑。

同桌戳戳我："哈哈哈，太可爱啦，这根本就是穿山甲嘛，怎么会是壁虎啦，她还说是爬山虎，也太傻了吧，哈。"

我爆笑。

"宝贝你知道吗，穿山甲是黑乎乎的带硬壳的小动物，跟这完全不是一个东西啦！"

每天的语文课都是这样，总是按部就班但又不囿于条条框框。我喜欢这种带着镣铐跳舞的感觉。

妈妈说她今晚做了酥饼。突然想到记忆中的一种小香饼，恍惚记得是哪位叔叔买给我的，不过也只是在记忆中了，并无确切的印象。犹记得酥脆得很，薄薄一层黄饼撒了些葱花。和妈妈谈起，她倒真打电话给叔叔，原是在瓯北菜场边的"大东方"。突然回忆起的记忆中的滋味，若真能吃到，可能又觉得没那么香了。

三 境 51

佛家有言人生三境界：从看山是山，看水是水，至看山不是山，看水不是水之境，终至看山还是山，看水还是水。

床头柜上总放着一本《我的精神家园》，扉页上手抄的一句话在记忆里仍清晰可辨：从艺术到科学到哲学，是一个返璞归真的过程。

而三本书主义，亦复如是。三本书并不互相割裂，而是相伴相生，从一本书到下一本书，是一个循序渐进的过程。年轻时读有字之书，即前人的经典，一字一句一板一眼，通晓古今，博览中外；跳脱少年心性后读无字之书，即社会与自然，字句模糊，迷惘困顿，体悟社会，练达人情；无上境界就是读懂心灵之书，形成独立人格与自主灵魂，无即是有，有即是无，万古长空，一朝风月，尽在不言中。

行思和尚也好，王小波也罢，抑或是卢新华，他们所说的都是历程。生而为人，到世间走这一遭，也是为了感受从无到有再到无的历程。

人初到世上是赤裸裸的，无论是身体还是灵魂。我们需要充盈精神世界的养料，而能增进灵魂重量的途径就是阅读，阅读有字之书。"作品一诞生作者即死亡"，形骸有限，文字的力量无穷。读书的过程是跨越历史和时间与前人进行的一场精神交流，也许不求甚解，但从他人的角度去感知世界是最原始也是最本真的方式。

读书行路，到了出世的境地。这时我们逃脱了外界的束缚，开始迷惘，开始思索，开始体悟人心浮沉，阅读社会与世界的无字书。它没有具体的形态，没有楔子与尾声，但无处不在，永远摊开着。它对立又统一，不同的人在这里走向不同的分岔口。

终其一生，大多数人身陷蝇营狗苟不可自拔，极少有人能出世入世，读懂心灵之书。

金庸老先生笔下独孤求败的那把木剑已经朽烂，可周围却草木青青一切如故，石上所刻写的更如平地惊雷——草木竹石，均可为剑。自此精修，渐而进入无剑胜有剑之境。不滞于物，身处信息时代而不被舆论导向蒙蔽，坚持是非观的人格和灵魂，才是心灵之书的真谛。

卢先生在阐述"三本书主义"时也提到过，此中三书还可用文字般若、实相般若和心灵般若来代替。前二者在转为佛家之语时都改变了叙述方式，而第三者却无改变。

文字是他人的思想，实相是物质的载体，唯心不变。

（此文基于2017年浙江语文高考作文题而作，附原题。有位作家说，人要读三本大书：一本是"有字之书"，一本是"无字之书"，一本是"心灵之书"，对此你有什么思考？写一篇文章，对作家的看法加以评说。）

求否人定 得否为命 52

对于所爱之物的归属，历来众说纷纭，萧伯纳派认为得不到与得到皆是悲剧，周国平派则坚持得不到与得到均为快意之事。两派看似对立，是悲观主义和乐观主义的博弈，实际却是某种意义上的统一，相异的思维方式与生命姿态都是对生活的诠释。悲观论与乐观论各有千秋，我认为不可偏袒一方：得与不得之间，七分打拼，若依旧不得，再相信余下的三分宿命。

悲剧论予人警示，使人清醒。这世上多少人因求之不得而郁郁终日，犹如笼中困兽，他们都没有认清现实，因此苦苦挣扎于自己设置的枷锁中。武侠场上有白驼山少主欧阳克，强拉硬拽仍得不到蓉妹子垂青，落得声名狼藉。求而不得的悲剧意在警示世人，放手也是一种解脱。得后却滥之轻之者也不在少数，张爱玲的"朱砂蚊子血、月光白米粒"的名言说的就是这个道理，得到了意味着长久，若是头脑发昏施以轻贱，它们也会付诸东流，得而滥之的悲剧在于使世人清醒，常怀感恩之心。

喜剧论给人安稳，令人宽心。求之未得的命运存在无限可能，为心中所爱奋力拼搏的过程是即使结果不完美也能得到的精神财富。木心幽于圜墙身受棰楚，用纸板作钢琴，用折断三根骨节的手弹出了人文的音符；张苍水一生抗清，临刑不跪凛然就义，以生命换取了气节和风骨。木心追逐艺术，张苍水追逐独立，打拼中给人安定，使人永远有动力。求之不得是众人希望的快乐源泉，它代表回馈，使人宽厚、平和、舒服。周作人曾言，"我已经很感激现在的生活了，我只求心境不再粗糙荒芜下去"。对既得爱物常加呵护宠爱，在品味和体验中追求至臻至善，也是一种使命。

由此观之，无论遇到何种境遇都是努力的回报和命运的馈赠。对于心爱的东西，追求是天性，努力无果要学会放手，有幸得到要学会珍惜，从此心明眼亮无挂碍，自由通透且旷达。

求与得是取与舍的过程，而秉持八字方针能使人不至于乱花迷眼。求否人定，得否为命，追求可以把握的便不留遗憾。王小波没有说"活着、写着、爱着"，却说"活过、写过、爱过"，只要试过就好，舍弃不能把握的便无所挂碍；徐志摩说"得之我幸，失之我命"就是一种坦荡的放下。

求之？得之？

求否人定靠打拼，得否为命天注定。

一切在于心。

读书做梦 53
——回首经典

心情可以交给鸡汤，但才华一定要交给书籍好好喂养。愿你在每一个有书读、有梦做的岁月里，贪婪地汲取知识与力量，成为更好的自己。以下是对经典书籍的短评，希望此刻的你可以拿起书本，开始阅读，做梦。

《三国演义》

滚滚长江东逝水，浪花淘尽英雄。刘、关、张英雄结义，诸葛空城计，赤壁之战大破曹军，一看三叹，三国风云起，几度夕阳红。

在那个纷乱割据的年代，罗贯中为我们描绘了一幅魏、蜀、吴才雄们纵横捭阖、群雄逐鹿的宏大画卷。

大幕落下，那个时代也消融在了历史长河中。

作者自言，古今多少事，都付笑谈中。

历史淹没了黄尘古道，荒芜了烽火边城，可岁月带不走那一串串熟悉的姓名。三国带给我们的英雄情怀和伟大的精神力量，一直到今天仍熠熠生辉。

《红楼梦》

随着宝黛爱情的发展，四大家族的兴衰，一幅中国清代社会的画卷徐徐展开。曹雪芹的妙笔勾勒出大观园的风雅场面，处处可以触摸到那个时代的体温。作品表现了封建社会里的一缕人性和理想的曙光。宝黛悲剧，关于面包与爱情的冲击在现代社会依旧存在。

合上书页，就像告别了一个时代。但曹雪芹所要传达的精神力量依旧影响着今天的我们。

而作者自己只留下：满纸荒唐言，一把辛酸泪，都云作者痴，谁解其中味？

《谈美书简》

谈起朱光潜先生，我脑海里就出现了齐邦媛笔下那位任职于武汉大学，讲诗讲到热泪纵横，不愿清扫落叶只为听雨声的教授。

朱先生没有明确给美下定义，而指导着我们寻找美，感受美。

这也是一种生活的艺术。

艺术是什么呢？朱老说艺术本来就是弥补人生和自然缺陷的。上帝造人时担心人类孤独，于是赐予我们艺术。

除此之外，在《给青年的信》一文中，朱老更谈及了许多年轻人的问题，这些问题跨越时代而存在，对今天的我们来说价值依然不减。

找个午后，泡一盏清茶，品《谈美书简》，此乐何极。

《围城》

《围城》堪称中国近代小说的经典，在此之后，再也没有哪部作品能够超越它。钱锺书先生毕生作品无数，但《围城》是钱先生唯一的长篇小说，毕生的精华都在其中了。

最令我回味无穷的是他的语言，可谓妙趣横生、妙语连珠，在看似调侃的语言中，又述说着那个时代的无奈与凄凉。书中的人物，城外的看着城里的生活，城里的看着城外的生活，让读者看尽城里城外人的喜怒哀乐、悲欢离合。

不知不觉中，钱老先生将社会上种种酸诗人、小文人、小市民、小官僚都奚落了一顿。"对人生的讽刺和感伤，深于一切语言、一切啼笑。"那个时代的语言，比我们现在的语言美丽得多、睿智得多。前半部分调侃，吃饭斗嘴争风吃醋，中间三闾大学的部分辛辣讽刺，后半部分方鸿渐回到上海，冤家星散，谋生艰难，道尽苍凉。

关于《围城》有过争议，有人说它匠心太重，我倒喜欢这样的匠心。钱老卖弄起来令人折服，虽然处处刻薄，但还是有着人情味。在主人公的唇枪舌剑中，爱情与生活在调侃的语气下被扒去鲜亮的外表，讽刺到骨子里。《围城》让读者又痛又要看下去，毕竟阐述的是赤裸裸的真理。

《围城》取自书中主人公之一的苏文纨的话，"城中的人想出去，城外的人想冲进来"。就如同红玫瑰与白玫瑰一样，生活如此，人生亦如此。

到底该出去还是该进来？的确值得我们每个人思考。

《子夜》

《子夜》是茅盾最优秀的社会分析小说。故事发生在20世纪30年代的上海，对民族资本家吴荪甫的刻画再现了中国民族工业的悲剧命运。在那个特殊的年代，他被迫屈从于帝国主义。

主人公吴荪甫是个实业家，他有抱负和才干，有胆识和魄力，可叹生不逢时，空有抱负，却无施展空间。他在走向失败的过程中有过挣扎和抵抗，看起来强大干练但内心柔软懦弱。

造就这一切的原因是时代，既不是性格，也不是命运，而是整个社会的悲剧。

子夜，正是夜色正浓的时候，个人如此，社会亦如此。过了子夜，天就要亮了。

《雷雨》

家长专制伪善，青年热情单纯，女人为爱痴狂，公子哥儿们罪孽深重。关于家庭和身世的秘密在一个雷雨之夜爆发。或有罪，或无罪，所有人一起走向了毁灭。曹禺以极端的雷雨般汪洋恣肆的方式，发泄着愤懑之情，抨击着旧社会的不公。

伦理、道德、人性，复杂地交织在一起，环环相扣，酣畅淋漓。

悲剧落幕后，只剩那一场滂沱大雨。那场经久不衰的雷雨，一直下到多年后的今天，下在我们每一个人心里，而这种强大的力量还会一直延续下去。

命运来临时，你该如何抉择？

《呐喊》

小说大体上描绘了辛亥革命期间的一系列乡村故事，秀才、假洋鬼子，勾勒出一幅中国传统社会的浮世绘。

这历史没有年代，歪歪斜斜的每页上都写着仁义道德。横竖睡不着，仔细看了半夜，才从字缝里看出来，满本都写着两个字：吃人。

显然以鲁迅的功力，他笔下的人物有着强大的生命力。那个时代已经消失在历史的洪流中，但今日假洋鬼子和赵老太爷们难道就绝迹了吗？

维新，却一切照旧。

他的文字，仍提醒着现代的人们要保持对自己、对社会足够清醒的认知。

《家》

诸多主人公的痛苦与命运，是对旧社会制度和礼教的控诉。而下层人物的生命消殒，更展现了当时阶级压迫的社会现实。巴金没有停留在批判这个家族的罪恶层面，而进一步描写了觉醒而叛逆的一代。这是五四时期的时代特色，宣布了一种不合理制度下的死刑。

旧社会的可怕在于所有人都觉得这是理所当然的，没有逻辑可言，而要反抗的不是某件事某个人，而是整个社会。

而如今又何尝不是这样？处在快节奏生活中的浮躁的现代人，有没有意识到应该调整自己的生活姿态呢？

《巴黎圣母院》

如果说《悲惨世界》阐释了人道主义，那么《巴黎圣母院》则呈现了雨果澎湃的浪漫主义。

少女埃斯梅拉达的单纯无辜，敲钟人加西莫多的丑陋深情，宗教牺牲品主教的荒淫无度一一铺展开来。一幅中世纪的画卷缓缓展开，圣母院作为象征屹立其中。

美到极致，也丑到极致，直指人心和人性。

有时候我在想：到底何为美何为丑？雨果回答我：万物并非都合乎人情，丑就在美的旁边，畸形靠近优美，丑怪隐于崇高，美与恶并存，黑暗与光明相共。《巴黎圣母院》是雨果用心灵创作的，其中饱含了他的爱与恨，寄托与希望，倾注了他自己深切而真挚的感情。他用自己奇特的想象力勾勒了一个个夸张但令人深思的场面，把美与丑的含义表达得动人而悠长。

雨果低沉的嗓音时常在我耳边响起：在荒诞的社会中，记得保持一颗如同加西莫多一般博爱悲悯的心。

这曲宗教王朝的悲歌，伴随着加西莫多的钟声和埃斯梅拉达的舞姿将永远响彻人类的历史。

《欧也妮·葛朗台》

巴尔扎克说这是一场没有毒药，没有尖刀，没有流血的平凡悲剧。欧也妮被老葛朗台的吝啬束缚，因夏尔的背叛而痛苦，觉醒后努力挣脱，但最终依旧孑然一身。因爱成长，童年惨淡，为爱受苦，成年悲凉。

除了批判老葛朗台一类资本家，巴尔扎克更告诉我们如何在强大的社会浪潮中生存。而这种力量，仍然影响着今天的我们。

我的耳边总会响起巴尔扎克低沉的嗓音：在这个物欲横流的时代，避免金钱和利益的污浊，清醒而坚定地活着。

《堂吉诃德》

作者塞万提斯，一个终生穷困潦倒、命运多舛的西班牙作家。据说他最初在狱中构思出这篇小说，目的只是为了反击那些粗制滥造的骑士小说。

我们的主人公堂吉诃德生活在一个骑士早已绝迹的时代，虽然披着骑士外套，却做出种种令人啼笑皆非的可笑举动，荒诞却也合理。

嬉笑怒骂间，塞万提斯揭示了笑声背后沉重的使命感。堂吉诃德深知社会的弊病，但又耽于幻想，活在自己的乌托邦里。因此，他既滑稽又严肃，永远处于矛盾与尴尬中。

堂吉诃德精神已经成为某种代名词，当理想与现实发生碰撞时，你会如何选择呢？

《哈姆雷特》

情节简单经典，语言凝练深刻，《哈姆雷特》就如同一座泰山立在所有写悲剧的作家的面前。

整个剧本可以用简单之极来形容，主人公哈姆雷特，父亲是国王，被叔叔害死，母亲又嫁给借机篡夺王位的叔叔，父亲的阴魂告诉他真相，他设下计谋验证了真相，然后和叔叔斗智斗勇，最终和叔叔及母亲同归于尽。几条支线的剧情更丰富了戏剧冲突。

这部作品向我们提出了一个主题——正义战胜邪恶，而且讲得那么明显，那么单纯，让看惯了复杂剧情的现代人都觉得不可思议。

它的生命力是显而易见的，多年之后，我也许想不起《越狱》，想不起《六人行》，却绝对可以想起哈姆雷特，甚至它的详细剧情。

莎士比亚的这种力量，是文艺作品最原始、最强大的力量。有的人失眠，有的人酣睡，世界不会因谁而停止转动。生存或毁灭，To be or not to be，确实值得我们思考。哈姆雷特值得在夜阑人静之时静静阅读，一个人思索。记得我第一次读完哈姆雷特就是一个深夜，合上书页之后，似乎又多了一个存在的理由。

《歌德谈话录》

这位西欧文坛的泰山北斗，将一生的写作经验浓缩在这本被尼采奉为圭臬的小书里，《歌德谈话录》堪称一本歌德式的写作秘籍。

《歌德谈话录》以艾克曼之笔阐释了歌德对历史与现实、对人生与自然等世间万态的感受，质朴平实却饱含哲理。歌德说，与陌生人交谈两分钟，我就能在小说里把他写上两个小时。理论是灰色的，而生命之树常青。

这本小书内容不多，但是信息量巨大，囊括了歌德晚年对写作、艺术、科学等多方面的见解，字里行间你会看到一个睿智的老人，闪着灵动的光芒。

读此书，幸事，若复读，幸事常伴！

《老人与海》

故事极为简单，古巴老渔夫圣地亚哥在出海84天仍一无所获后，经过艰苦斗争终于钓到了一条大马林鱼。可惜引来了众多鲨鱼，毁灭了他的战利品。老人精疲力竭地回家倒在床上。梦里梦见了狮子。

老人是美国人心中的孤胆英雄。他也许没有一流的身手，没有正派的形象，还会有些小缺点和臭脾气，可这样看似不完美的英雄才显得真实，有人情味。面对小男孩的柔软，面对大马林鱼的执着，面对鲨鱼的坚忍，个人魄力使他不负英雄的形象。

一个人可以被毁灭，但不能被打败。这种无比坚韧的意志将成为浩荡人生路上强大的精神动力。

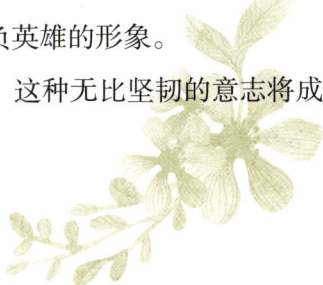

殉葬的花朵 54

常有这样一个清瘦孤单的身影，徘徊在我的心底。总是会不自主地梦见那背影，只愿在最深的红尘中与你重逢。

千年轮回，终究还是遇见了你。

你一如既往地坐在布达拉宫那张奢华但冰冷的禅床上，安静地打坐。周围豪奢的装饰，富丽堂皇的房间与你简朴的服装极不相称，但我就是倾慕你在风尘中的那一份安然。

你在布达拉宫时的孤独无助，令我心殇。你是如此没有心机，不擅掌握政权，可命运却交给你一个不该属于你的重任。你有转世灵童的灵气，可没有作为一个政治家的实力。桑结嘉措也叹息，他觊觎的权力，却被一个并无野心的年轻人夺去，你所希望的应该只是与心爱的女人共度余生而已吧。

迫于现实的压力，你被迫与那个纯洁的乡村女孩告别。对她的念念不忘，使你开始做一件旁人看来作为活佛不应该做的尘事——写情诗，纪念那个没有兑现对她的承诺的女孩。从你的诗句中，我硬生生感到你的无奈和怅然。你对那个女孩的痴情，怎不令人痴迷？"天鹅想多停留一会儿/可那湖面结了冰/叫人意冷心灰。"

有时，感叹命运多舛，就是如此而已吧。对的命运，却交给了错的人。

只留下菩提果实掉落时的，一声叹息。

你的前半生，如此令人扼腕。

后来，你又化作风流才子宕桑旺波，邂逅了酒吧中的那个女孩。

经历过多少个不眠之夜，原以为你终于找到了归宿，却被"回光返照了你的隐私"。

命运总是与你过不去，冬天里那一场清冷的大雪暴露了你的踪迹，"那些藏在落叶下的脚印"，你是如此念想。正如我默默地念想你一样。

若可以用活佛的身份换取一段历久铭心的爱恋，你一定会毫不犹豫。哪怕彷徨在这座城最冷清的街头，你也甘愿。我如此痴迷，你对爱的诠释。纵算零落为归宿，你亦执着不悔。

我自此，为你——仓央嘉措，惴惴不安。

你有做活佛的命，却无做活佛的缘。尽管你曾如此努力地向佛靠近，但谁又能脱离情场纠缠？地狱的第十九层是爱。多少人为此，甘愿堕落，坠入深渊。

　　我愿做一个默默的朝圣者，漫步在青石板街道上。用前世五百次的回眸，换来你一眼回望，而我正在最深的红尘里，对镜理红妆。

错　误

——以文解诗

55

很久没有动笔写玛丽苏文了，看着以前写的"以文解诗"，简直惨不忍睹。略作修改，原作呈现，祭奠一下过往充满少女味的文风——

我骑马流浪。而今泊在江南。

黄昏时暮色趋近，准备如往常一样骑马离去。背井离乡，算起来也有好多年了吧。在停留和追风之间，我总归要选择后者。

伏在马背上小憩一会，小马的气息还如以往一样温热。同千万个过去的日子一样，每天都量一次生活的周长。

想着明天还是一如既往的平淡，无常之间，就这么遇见她了，靠在雕花窗前若有所思。读《诗经》，关于描述女子的记忆一下子被她唤醒。

手如柔荑。搭在窗口，白皙如白茅的嫩芽。

肤如凝脂。凭栏眺望，很细腻，一副不落风尘的样子。

领如蝤蛴。很奇怪的比喻，但总归她的脖颈很美。

齿如瓠犀。像在念叨着什么，如瓠瓜之子。

螓首蛾眉。额广而方，眉细而弯。

可惜她并无巧笑倩兮也无美目盼兮，怅惘地倚在窗前，总觉得无所适从。

莲花开落，岁月侵蚀，但终归还是端庄的。有一瞬间的错觉，似乎认定了流浪的足音一定会停在这里。对，就在她面前呀。

门前栽着柳树。她看见我，怔了一怔，眼神一亮又恢复黯淡。她专心致志地看着柳树，全身笼罩着哀婉。

原来不是在等我啊。我暗自为刚才冒失的想法愧疚，不经意间嗒嗒的马蹄声触及了她心中最空旷的地方。只是天空里的一片云偶尔投影在她的波心，真要走上同一条道路反倒荒唐。

是一个美丽的错误。

因我悄然来临，寂寞许久的一颗心偶尔美丽了一次，也因我识趣离开，漫无目的地继续漫游而错误。

放下错误，注定只是一场没有结局的相逢。只是生命中多看了一眼的过客。

策马扬鞭，在这片平坦而宽广的土地上，又响起了嗒嗒的马蹄声。

夕阳消失殆尽，我也了无踪迹。

附：仓央嘉措的《幽居》，这是她在窗前默念的诗。

好多年了

你一直在我的伤口幽居

我放下过天地

却从未放下过你

我生命中的千山万水

任你一一告别

世间事

除了生死

哪一件不是闲事

谁的隐私不被回光返照

殉葬的花朵开合有度

菩提的果实奏响了空山

告诉我

你藏在落叶下的那些脚印

暗示着多少祭日

专供我在法外逍遥

生而为华夏儿女，何其有幸。此生无悔
入华夏，来生愿在种花家。

洗 礼 56
——观《建军大业》小感

我万分感激、无比感恩，我所处的时代、我所属的中国。

这是一个伟大的时代，残忍而美丽，冷漠而温情，荒芜而热血。

这是一个强大的国家，几十年的光阴，几代人的努力，使它从贫瘠走向丰饶。

这些是你看到的。你看不到的，是背后多少人为此付出的鲜血、汗水、失意。从20世纪的革命，到新时代的声音。

关于《建军大业》众说纷纭，也许它确实不比《建党伟业》和《建国大业》中老戏骨的表演深入人心，细节杜撰也好，台词生硬也好，为票房而大量征用小鲜肉演员也好，在我看来都可以理解。如果不采用以上手段，我不知道还会有多少人愿意踏入影院，把目光投向这段尘封的历史。"所谓娱乐片，所谓小鲜肉，只要能严谨地描述历史事件，传递这样星火相传的精神，即使不像纪录片那样枯燥无味又何妨？我突然明白找当红年轻演员去饰演这些革命先烈的意义。不只是年龄合适，他们颜值显著、影响很大，那些已经被很多人遗忘的革命先烈的名字和事迹，通过这样的方式让观众清晰地记住，这不正是初衷吗？"

银幕上贺龙、林彪和一众青年抛头颅洒热血，蔡晴川牺牲时背景音乐恰到好处地渲染着悲壮的气氛，我以为我会流泪，但摸了摸脸才发现是干热的。我感到更多的是愧怍和羞惭。

身处盛世，我能为这个社会、这个国家、这个世界做的事太少了。街上行人来来往往，熙熙攘攘，我甚至看不太清他们的神情，我诚恳而热切地希望历经风尘走到今天的千年华夏能永远走下去。慢慢变好，重拾风骨。

从前的那个年代物资匮乏，"清贫时代形成的制约贪婪的道德体系和宗教体系逐步瓦解，贪婪越来越理直气壮，甚至得意扬扬。"

而现实是，我们无法回到过去。不可能，也不愿意。我们现在的生活方式立足于王力雄所言的三个主义的基础——以物质财富增长为衡量社会进步之标准的物质主义；以感官享乐为人生意义的消费主义，也是社会困境的根源；以及以人类为宇宙中心的科学主义，人定胜天。所以我们"制天命而用之"，所以我们一味索取，不知餍。

我以前以为问题在文化，后来发现是制度。

我第一次感到迷茫和怀疑。

但我仍然充满着希望。

因为我也看到更多的青年开始反思，觉悟，行动。尽管舆论导向仍然不时失之偏颇，但国民的素质也有了一定程度的提高。单从体育赛事这个领域来看，从奥运会放下金牌情结的那一刻开始，从世锦赛孙杨退出1500米自由泳，而我们鼓励他，对他说辛苦了是该保存体力那刻开始，得到名次我们祝贺，成绩不理想我们鼓励，我们不再执着于奖牌的颜色，而注重参加比赛的勇气和全民运动的精神。

这盛世，果然如周恩来总理所愿，如在艰难岁月中一路走来的老前辈所愿，如太平盛世下勤恳善良的中国人所愿。

此生无悔入华夏，来生愿在种花家。

一九二七年八月一日凌晨四点，三枪为记。记住，所有人领口系红巾，右臂系白毛巾。

"我们胜利了！"

南昌起义，打响了武装反抗国民党统治的第一枪。

"这些被战火洗礼过的灵魂，将同人民的命运连在一起，无上光荣。"

　　同期《战狼2》也在上映，送上吴京老师那句铿锵有力的经典台词："犯我中华者，虽远必诛！"

　　战争依然在他们脑中挥之不去，带着骄傲，或愤恨，或内疚，跟军功章一起，纪念他们的峥嵘岁月。

　　（写此篇恰逢建军90周年，送上真切祝福：最后的最后，明天就是八一建军节，热烈庆祝中国人民解放军建军90周年，致敬人民子弟兵。感谢最可爱的人，为我们负重前行。）

东浙潮来 57

　　浙潮如水，浩浩荡荡悠荡千年，奔流出了一腔文人风骨，一派浙商繁荣，一群前赴后继的弄潮儿。它承载着浙江人的历史记忆，讲述着这片丰饶而广博的土地上发生的无数故事，向世界传递着浙江的大精神。

　　回望历史，心怀天下的骚客行走在山水间，下笔千言诠释了雅士风骨。抗清英雄张苍水在国难当头时挺身而出，无奈为奸佞所害，临刑不屈膝，留下一句"好山色，竟落得如此腥膻"便从容赴死，天际大雨，万民泣拜。立着生，站着死，这种刚毅的血性和气节影响了无数浙人。木心先生幽于圜墙身加棰楚，白纸键盘替代钢琴，用折断骨节的手弹奏出了人文的乐章。"万头攒动之处不必找我，如欲相见，我在各种悲喜交集处。"老先生身居高位却低调终老于乌镇的大雪纷飞日。殉道者使浙江豪情万丈，而耆卿等人的叹词又赋予了这片大地恰到好处的温婉，这就是浙江的中庸之气。它以温存的柔情包容着坚持与刚强，为浙江的子民遮风挡雨，守护着安身立命之地。

　　放眼当今社会，敢为人先的商贾奔波在道路上，低调敢闯树立了浙江模范。人人追名逐利趋之若鹜的时代，绿城集团创始人宋卫平却坚守着他的情怀。他是一个有英雄情结的理想主义者，投身房地产开发事业时，他以不服输的倔强近乎偏执地追求完美。一个立面做五道墙，购房者看不到，但这就是绿城标准。每个作品都是一朵玫瑰，每朵玫瑰都是一个承诺，文化浸润下绿城的美学水准和同时代的其他楼盘相比显然高下立见。他也遭遇过困境，酒过三巡，他在西湖边慨叹："我只是想让这个世界更美好。"他说，房子卖给人家是一辈子的事，要有利天下之心和社会责任感。他淡出房地产行业后转型建设农业小镇，不顾盈利只为乡村振兴。桃李春风中的茂林修竹美如仙境，是浙商宋卫平打造的理想国，背后承载着浙商如同士大夫般的精神。

　　来日方长，勇立潮头的弄潮儿仍会秉持驰骋初心，埋头奋进，开拓浙江精神。习主席在G20主旨演讲上指出，弄潮儿向潮头立，手把红旗旗不湿。在全球化浪潮下，中国已经起航，以浙江为起点，最终会驶达波澜壮阔的远方。七山一水二分田的寸土间，文化滋养下一代又一代的浙江人知行合一，以胆识和气魄留下无数为人称道的赞歌，如今我们将继续勇立潮头，脚踏实地，书写更多的浙江故事，创造更多的浙江奇迹。

下笔千言 正桂子香时 槐花黄后
出门一笑 看西湖月满 东浙潮来

（此文源于2018年浙江语文高考作文题。附原题：浙江大地，历史上孕育过务实、知行合一、经世致用等思想，今天又形成了"干在实处、走在前列、勇立潮头"的浙江精神。在与时俱进的浙江文化滋养下，代代浙江人书写了一个又一个浙江故事，创造了一个又一个浙江传奇。作为浙江学子，站在人生新起点，你有怎样的体验和思考？结合上述材料，写一篇文章。）

放下金牌 58

这几天微博上的网友们打起了口水战。

大抵是媒体在报道时不停采用"痛失首金""憾失金牌"等字眼，而网友们质问为何不以"喜获银牌""斩获铜牌"等字眼代之？

自20世纪开始，中国人就急于摘掉"东亚病夫"的帽子。我们不停发展科技和体育，要证明自己，要扬眉吐气。随着国力增强运动发展，我们在竞技体育方面也取得了一定的成就。可国人仍保持着原来那种特殊的金牌情结。他们觉得，似乎只有拿到金牌成为第一（在中国教育中也随处可见），打败身强力壮的外国人，才能证明民族的强盛和国际地位的提升。

也因此，媒体和国民对奥运会往往过度关注。任何存在争议的事件，都会演变为一场口水大战。这几天的争议事件层出不穷，霍顿出言讥讽孙杨，澳媒替换中国国旗，奥组委挂错中国国旗，女子4×100米游泳接力赛犯规被取消资格，诸如此类，不胜枚举。这当中不乏一些出言不逊的网友，但好在大多数国人显得理智而清醒。许多国人及外国人在霍顿的ins上要求其道歉，白岩松在菲律宾队出场时保持沉默，孙杨在200米自由泳半决赛中主动跟小组第二的萩野公介握手，展现了应有的气度。

但在欣喜之余，我们也会发现一个问题：国民的金牌情结有所减弱，但媒体似乎一年比一年更愿大肆宣传。

美国、俄罗斯、德国等强国，已经迈过了依靠竞技体育来证明地位的时代。他们的运动员和国民是真的热爱运动，热爱体育，而不是把运动只视作一块奖牌。

看到那段视频的每位国人大概都会心痛不已：孙杨哭着说"对不起父母"，在通道上与相熟的记者抱头痛哭；杜丽眼里噙着的泪花，易思玲默默收拾东西黯然离场的背影。这些都让电视机前的观众揪心不已。

当小将张梦雪夺得首金的时候，她并没有表现出太多的狂喜，从她的微笑里我似乎看出了如释重负。媒体心心念念的首金终于摘下，后面的赛程才不至于那么煎熬。

默默祝愿参加后面比赛的运动员们可以卸下心理包袱，希望媒体们也不要给予过度关注，采用敏感的字眼报道新闻。

是时候，该放下金牌情结了。

　　有一天，当我们对所有的运动员都送上真心的祝福而不管他们取得的成绩，媒体们公正客观地报道赛事而非制造噱头博取关注，国民都不过分关注奥运会赛事并给予过多批判时，我想，就是我们真正迈入世界强国的行列的时候了。

中华风骨 一脉相传 59

大概从两年前开始，共享单车开始步入我们的生活。它给中国城市带来了一份轻巧而温暖的礼物，也在无形中改变了我们的生活。相信看过《朗读者》的观众都知道，第四期礼物中就请来了摩拜单车的创始人胡玮炜，她说自行车是解决零到五公里出行的最后一个新物种。一座城市的自行车普及率往往和幸福指数成正比。它唤醒了人们内心深处的单车情结，也诠释了一种绿色出行的生活方式。

但具有重要意义的共享单车热似乎和人们的思想素质水平还不能同步。共享单车时常会出现在非公共区域，不是丢了车座就是沾满尘土，它们就这么被遗忘了。也许使用者是无心之举，仅仅是为了图方便，但也损害了公共利益。这从侧面反映了国人的某种意识还有待完善。

作为杭高人，善良、丰富、理性、高贵是我们的准则，其中善良是第一信条。如果我们不能做到善良，那后面的品质又如何达成呢？

　　继曼哈顿掀起中国煎饼狂潮后，前几天看美版知乎Quora上有外国人提问，为什么有越来越多的欧美人被中国吸引？

　　他们给出的理由说也说不完，我作为中国人看了也老脸一红。他们欣赏中国人的集体主义、娱乐活动、生活质量和基础设施。记得以前这片土地还闭塞贫瘠，但经历几十年的飞速发展以后，中国已经远比从前广博丰饶。让我印象尤为深刻的是前段时间一直霸占微博热搜第一的中国外交天团，正面应对外媒挑衅，有理有节有力，彰显大国自信。

　　拥有两千年文明风骨的中国已经今非昔比，我们确实在经济和科技上迈出了一大步，但最重要的还是国人的思想秉性，那种由心而生的气质和素质。中国式过马路，餐厅里大声喧哗，疯狂抢购奢侈品，素质教育和应试教育的冲击，网络暴力和媒体不正确的舆论导向，都显示我们在思想上还受束缚，并未跨出那一步。

　　梁启超先生之前总结了顾炎武的观点，即那句我们都熟知的"天下兴亡，匹夫有责"。但这往往会成为冠冕堂皇的借口，大家都是匹夫，会有人来做的，我就不做了。台湾某中学校长高震东的那句话振聋发聩，"天下兴亡，我的责任"。不是推脱，而是承担。从使用完共享单车放回公共区域开始，从机动车礼让行人时快速通过马路开始，从与同学老师清晨相遇时微笑打招呼开始。高一同学都还记得之前学过的《五人墓碑记》吧，"匹夫之有重于社稷也"，也是这个道理。

2015年阅兵式引起了我们对周恩来总理的怀念。和大家分享一段网友的评论："开国大典的时候飞机不够，您说飞两遍，现在再也不需要飞两遍了，我们的飞机要多少有多少。这盛世，如您所愿吧，山河犹在，国泰民安。当年送您的十里长安街，如今已是十里繁荣。"

也希望我们的道德素质，配得上这盛世，配得上中华的风骨，可以真切而自豪地说出那句——

此生无悔入华夏，来生愿在种花家。

参差 60

　　清晨我起了个大早赶去动车站。穹顶之下的雾霾一如既往地浓重，天色渐亮，只不过看不清远方。

　　提前十五分钟到达，慢慢悠悠踱去安检。队伍随人流分叉，每个人都在机械地行走：递身份证，检票，放行李。大家神情木然，工作人员亦是。查票的男人工作服不知去了何处，斜倚着，满脸厌倦。穿警卫服的女人理着男式发型，看起来正气凛然。

　　六七点的光景，车站里的声音都好像是没睡醒的样子，慵懒细碎，只是更多了些嘈杂。

　　以为会平静地完成程序性步骤，突然队伍中插进了两个风风火火的男人。

　　"不好意思，我赶六点四十的车，请让我先过去行吗，谢谢谢谢，拜托您了。"男人一脸诚恳地对那个中年女工作人员说。可不知踩了女人的哪根"天线"，她突然炸了。"叫你快点啦，跟我说有什么用，自己没长眼睛不会看啊。"

我和其他围观群众都以为男人要赶不上火车时，她又扯着嗓子补充道："怎么反应这么慢，让人家给你让让，自己快点进去知道吗？还有七分钟。"

男人愣了一愣，快速地冲了进去。

我也愣了一愣。

这感觉好像是……工作人员居然放他们进去了。虽然也是一种人情，但总觉得有点瘆人。（用个不合适的比喻，霸道总裁豪掷千金说，你去插队，这整个动车站都是我的，那种豪气。）

动车还没到站，站在13号车厢的等候线外避开拥堵的人流，我和妈妈自成一队。也怪，动车掠过了人潮，居然正好停在我们面前。左边排了长队的人十分无奈。

机缘巧合吧。

本市是始发站，车厢里的人还不多。斜后排坐着两个中年男人，穿着社会花T恤，大声地用方言接电话，大声地聊天，大声地打喷嚏，浑身洋溢着他们身上那件花T恤的气场。

满耳不堪，转去餐车。

对面坐着一对老夫妇，剥着花生，碎皮撒了一桌。时不时播放背景音乐响亮的小视频并互相传递，边剥花生边看视频，时间从容不迫。我戴上耳塞拿出《高中英语》（必修三）的单词表，老夫妇才识趣地降低了音量。

旁边坐着一家四口。女孩的妈妈把iPad放在桌面上，正在播放童话故事。画质极差，念旁白的女人正说着"美丽的公主"，屏幕上闪出了一张白花花的蛇精脸，就像葫芦娃里面的蛇精，比她还有风韵。旁白女人的声音极为做作，像牙疼多年不愈，听得人倒胃口。

到了S市后一切都变得不同。路上的行人温文尔雅，街道平整干净得如同两旁栽着的法国梧桐。

在这片浩博伟大的土地上，有着参差的风气和良莠不齐的城市。

五千年的生活姿态销蚀在风尘之中，但还是心心念念着总有一天会补齐短板以成一只完整的水桶，从而使历史永远奔流。

只有相信且努力，会有那一天的吧？

我一定会，希望你也是。

菜场文化 61

哦，人文关怀，已是邻家飘来的阵阵焦锅味。

——木心《素履之往》

一直觉得中国菜场（小到温州菜场）一定要传承下来，那种人情和风物实在是灵魂的依靠。

大家笑了，你才活了十几年，干吗总活在过去。也对，我总惦记着20世纪父母的那个年代，除却纯良老实但也有市侩气的民风民意外，那个年代许多温暖的片段依旧使我心心念念。想写菜场的契机源于杂志上的一篇文章。大抵是讲作者的母亲半夜排队买猪头肉的故事。期盼了很久，结果八个大猪头变成了四个小猪头。物资匮乏的年代，谁家都有孩子，谁都偏袒自己的孩子。母亲低声下气做了衣物，并送去女人家想再换点猪肉，赶巧碰上屠妇调走再不卖猪肉。最后，女人在过年的时候带来了两个猪头。白雪一般的女人，带着两个沾满白雪的猪头。

菜场里的小商贩和顾客之间那种微妙的关系非常有意思。若是谈起我记忆里的菜场，那要追溯到模糊而遥远的年代——我很小很小的时候了。关于菜场的记忆已经不清楚，似乎只剩下一条长长的带鱼尾巴，湿淋淋地不停往下滴水。

坐在阿婆脚踏车的后座去菜场买菜。是小女生最喜欢的天气，比如太阳和风，空气里有甲虫味，脚边有小土狗，我命名为"幼儿园的午后"天。没有来由地，从脑瓜里自然而然蹦出的感觉。我指着摊子上一排躺着的带鱼，歪着头看看阿婆。我逗弄逗弄它们快垂到地面的尾巴，傻乎乎地笑，傻乎乎地快乐着。

我总在想，要是可以回到那些日子就好了。后来长大懂事，明白了只要可以记得那些日子就好了。乾隆皇帝说过，莫教冰鉴负初心。

王小波也说，从艺术到科学到哲学是一个返璞归真的过程。

回到现在，菜场幸好没有埋没。

菜场里的环境不可避免地可以用"脏乱差"三字蔽之，地上满是污水，有鱼的腥臭味，人们吵吵嚷嚷。但总归那种热闹的烟火气盖过了污浊的环境。去常去的东门菜场，买蔬菜、水果、鱼、虾、肉，每一样都有固定的认识的摊主，这是阿婆买菜的经验。

比如买蔬菜要去一个头发卷卷、发髻盘得很高的老妇女那，她的蔬菜特别新鲜。我开始不太喜欢她的过分热情，她总是一言不合就往小小的塑料袋里塞上一大把菜，你指着什么菜她就说什么菜好。

　　但经过后来的一些小事，我慢慢改变了对她的印象。可能每个摊主都会在卖菜的时候顺带塞一把大葱或大蒜，但她的分量格外多。一次家里要做饺子，妈妈买胡萝卜的时候吩咐她拿点韭菜。老阿姨随意摸了一大把塞进了袋子，看起来比买的胡萝卜还多。我们一惊，你韭菜不卖了啊！她笑笑说，没事的，拿去好了。

　　再比如说卖虾的女老板。脸圆圆的，胖乎乎，卖虾时会细心地挑出虾背上的黑色污秽，擦干净手以后再找零钱。

　　卖牛肉的男人声音尖尖细细，切肉时巧妙地控制力道，尽量不让肉末飞溅，心情好的时候还会普及怎么做肥牛盖浇饭。

　　还有一个长着细长笑眼的老奶奶，卖鱼时称重总会抹去零头。

　　印象最深的是水果店的哥哥，初次见面喊叔叔让他心碎了好久。每次他挑的榴莲总是很好吃。"这个快熟了，这个声音不好听，这个晃动一下没有震动感，不好，这个好，就这个！"

　　总会有这样的人情温暖着日常的琐碎生活，温暖着这片看似粗糙而荒芜的土地。或多或少，总会有安慰。

　　我在想，从菜场到文化，这个话题会不会有点庞大，但中国社会就是乡土性的，没有精神文化支撑的文明不会长存，因此我很坚定。

　　所以——

　　要认真逛菜场。你是在消费一种文化。

爱与美的力量 62
——给温州的一份倡议

当你漫步世纪广场，沐浴在和谐的晨风中时，当你信步中山公园，沉醉在温馨的静谧中时，你可曾留意过我们的城市日新月异的变化？一座座花园小区拔地而起，一条条柏油大道宽阔平坦，满眼盎然生机。破旧不堪的老屋经过重整再建，如今已"进化"成充满烟火气的南塘步行街；沟壑纵横的工业废地，如今已摇身一变为创意产业园。

我们向往这样的温州：清晨，鸟语花香，晨练的爷爷奶奶熙熙攘攘；傍晚，万家灯火，霓虹灯下一派祥和安宁。但你可曾知道，还有许多不和谐的音符环绕在温州。

扪心自问，对这座城市，我们究竟做了什么？我是否对街道上的垃圾置之不理？我是否在车流汹涌中穿过马路？我是否将自己的汽车随意停靠在路边？我是否在城市里打开刺眼的远光灯？我是否在排队等候时随意加塞？如果做过这些，你会有一丝惭愧，你会有强烈的羞耻感，那就对了。那么，请你走出家门，捡起自己丢弃在地上的垃圾，在车流汹涌时静静等待绿灯亮起，提醒自己的爸爸妈妈有序地停放车辆，关闭车上的远光灯，遵守排队的秩序。我相信，我们的心中，就会充满正能量。

有这样一位来自澳大利亚的洋雷锋，他叫伊凡·戴维斯。三年来，伊凡每周日都会做同一件事：爬大罗山，随手捡起沿途所见的垃圾。压低的鸭舌帽、泛白的毛线手套、微曲的脊背和熟练的身手，甚至令许多人误会了他的身份——他本是一位学者。他给温州写的一封家书，更令无数温州人动容。每回上山，伊凡总会多带几套装备。他期待有游客跟他一起。但三个多小时的劳动、上百次的弯腰以及偶尔害羞的一句"你愿意和我一起捡垃圾吗"，都没有为他赢得新同伴。

"这里没垃圾桶，垃圾就这样晾着，太不好看，你觉得呢？"这一问，令温州人羞而不应。伊凡说："我有一个梦想，有一天，无论从哪条道上山，都不会再见到垃圾。这梦，我一个人做不够，需要你也做，咱们一起行动。"的确，"创卫"不是靠一个人的力量，而是大家一起，聚沙成塔，积流成河，小善终有一日会成大善。请大家记住他的名字，温州大学的外教伊凡。他是我见过最善良的老外。

我大声地对各位说，带领温州走向更加繁荣丰饶的力量，不仅来自某位领袖，某群精英，更来自我们每一个爱护温州这座城市的心灵。我们脚下的土地，就是我们的温州。我们是什么，温州就是什么；我们怎样，温州就怎样；我们文明，温州便光芒万丈。

余 香 63

没有人是一座孤岛

远方的人们都与我有关

——《岛上书店》

闲来无事翻阅小学课本，随手摊在桌上，那个标题却如闪电般击中了已落灰的灵魂，尘封已久的阀门被打开——自己的花是给别人看的。

我看了看自家的阳台，窗门紧闭，花草拥挤，而课本上的配图却惠风和畅，巴黎街头的行人自在穿行。阳台上的花，统一面向街道，无一例外。

我们无法拒绝这个伟大时代的到来，可是在中国这个古老而庄严的民族，被笼罩在信息科技时代的万丈光芒下，却忽略了它的寒光凛凛。我们迈步狂奔，步履匆匆，技术发展如此之快，可人情又慢慢淡漠。

　　这种人情，是共享，是给予，是尊重自然，是赠人以玫瑰后风中留下的余香。

　　那个经典的故事依然如灯塔一般照亮国人前行的道路。年轻人种了满架子紫藤，无意间为邻居带来满目清凉，换来了满树葡萄的回馈。

　　互相给予，懂得感恩，本是中华民族流传千年的风骨，却在现代文明的进攻下溃不成军。铜墙铁壁间，我们失去了吃大锅饭的情谊，换来了冲突不断的邻里关系；钢筋水泥里，我们失去了互相理解的人情味，换来了屡见不鲜的陌路争吵。舆论导向，社会发展，信息爆炸，人情一步步走向淡漠。纵是有"解决短途出行的最后物种"美名的共享单车，也会因公共管理不善，恶意毁坏二维码等行为再次上演公地悲剧，失去了"共享"的意义。

　　费孝通说中国社会有所谓差序格局，人人利己，最终就会有人被边缘化。受教育的国人更是活成了钱理群先生口中的利己主义者。

　　在这个信仰失落的年代，有太多人失去了华夏子孙流传千年文明最原始也最美好的情感——无私给予的奉献，互相关照的人情。这可是中华民族的根啊！"爱人者人恒爱之，敬人者人恒敬之"的教诲我们难道忘了吗？

没有人是孤立的，我们在日常生活中多去关照他人，就是一种传承。切莫再让社会演变为太宰治的那声悲叹——人间失格，人情淡漠。

别再吝惜你手中的玫瑰了，历史的温度会因人情而温暖，人性的坚冰会被善意所打破。

玫瑰会销蚀，可予人的芳香永存，那风中的余香就是文明的根。

尊师以明礼　知爱而大同　64

杭高具有历史悠久的礼仪文化，有尊师礼、成人礼、毕业礼等传统三礼。

在我看来，有心才有爱。教师节，杭高尊师礼上，老师们朱砂启智，学子们纳帖拜师，正是尊师之道。我们为老师们精心准备的节目诉说着春风化雨的感恩，诠释着高山仰止的崇敬。老师则教导我们怀大爱之心，扬传统文化，做一名具有中国灵魂、世界眼光的中国人。

在我看来，有爱才知礼。在成人礼上，在真情告白环节，当同学们对父母道出"你养我长大，我陪你变老"的心声时，高三学子们无不为之动容，都怀着浓浓的爱与感恩向父母师长郑重三拜，行叩拜之礼。因为有爱，所以知礼；因为知礼，所以立志"老吾老以及人之老，幼吾幼以及人之幼"。

在我看来，知礼才有和。子曰：礼之用，和为贵。先生之道，斯为美。杭高每年的毕业礼，都寓教于乐，告诉毕业生们步入社会后如何与社会和谐共生，与他人友好相处。这是一种礼的传承，也是一种和的呼唤。因为，我们提倡礼制便是为了构建和谐安定的社会。

因为有爱，所以知礼。因为知礼，所以和谐。在物质文明日新月异的今天，也许有人会说传统三礼流于形式。但是我想说的是，阮途穷，子路缨，饭前画十字，路口看红灯，形式和礼节也是精神追求存在的方式。我们总以拒绝形式主义为借口，逐渐漠视了本该传承至今的中华礼仪文化。

中华之礼虽然看似生活中不经意的小细节，但这恰恰是历史长河中永不磨灭的精神力量。它们正如黑暗中的灯塔，指引着华夏儿女前行的道路。

礼因爱而生，爱构建大同。因为有爱，所以知礼，因为知礼，所以和谐。